Bobbie Peers

WILLIAM WENTON
und das geheimnisvolle Portal

Aus dem Norwegischen von
Gabriele Haefs

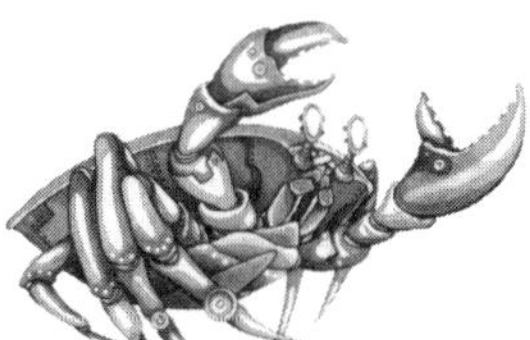

CARLSEN

Außerdem von Bobbie Peers bei Carlsen erschienen:
William Wenton und die Jagd nach dem Luridium

NORLA
NORWEGIAN LITERATURE ABROAD

Dieses Buch wurde mit Unterstützung des NORLA, Norwegian Literature Abroad, Oslo, veröffentlicht.

MIX
Papier aus verantwortungsvollen Quellen
FSC www.fsc.org
FSC® C014496

Published by agreement with Salomonsson Agency
Originalverlag: H. Aschehoug & Co. (W. Nygaard), Oslo
Originaltitel: Kryptalportalen
Aus dem Norwegischen von Gabriele Haefs
Umschlag und Vignetten: Claudia Carls
Umschlagtypografie: formlabor
Lektorat: Katja Maatsch
Satz: Pinkuin Satz und Datentechnik, Berlin
Druck und Bindung: GGP Media GmbH, Pößneck
ISBN: 978-3-551-55368-3
Printed in Germany

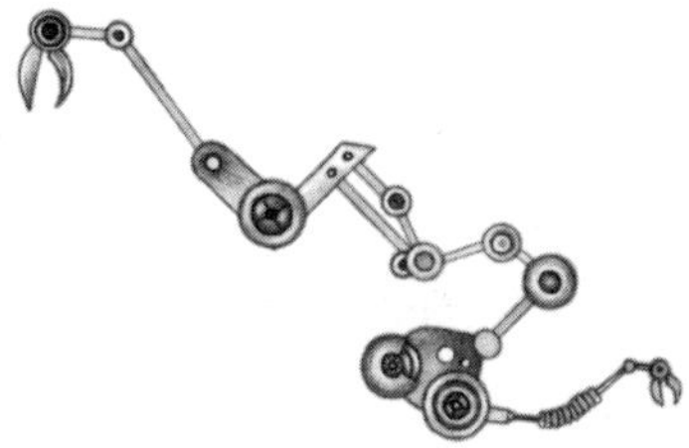

Wissenschaftshistorisches Museum, Oxford

Pontus Dippel lehnte die Stirn gegen den Scanner am Fahrstuhl.

Er wollte nur noch eine letzte Runde drehen, ehe er Feierabend machte. Er musste jetzt besonders gut aufpassen. Der Gegenstand, der sich im Keller befand, war in aller Heimlichkeit aus einem Londoner Bunker in das Hochsicherheitsgewölbe des Museums gebracht worden.

Ein grüner Laserstrahl strich über Dippels Stirn hinweg, und mit einem *pling* glitt die Fahrstuhltür auf. Dippel ging hinein, und die Tür schloss sich hinter ihm.

Als die Fahrstuhltür wieder aufglitt, befand er sich tief unter der Erde. Er lief einen dunklen Gang entlang und blieb vor einer soliden Panzertür aus Stahl stehen. Die Gestalt, die lautlos hinter ihm aufgetaucht war, bemerkte er nicht.

Dippel lehnte seine Stirn gegen einen weiteren Scanner.

»Willkommen«, sagte eine angenehme Computerstimme.

»Danke, Belinda«, antwortete Dippel.

Die Tür öffnete sich mit einem leisen *schwupp*.

Dippel wollte den Raum betreten, hielt dann aber inne.

Plötzlich hatte er das Gefühl, nicht allein zu sein. Er drehte sich langsam um und entdeckte die Gestalt, die auf ihn zukam.

»Nein ...«, flüsterte er und hob abwehrend beide Hände. »Das ist nicht möglich. Du bist tot ...«

Er schüttelte den Kopf und wich rückwärts in den dunklen Raum zurück.

Die Gestalt folgte ihm und zog die Tür hinter ihnen zu.

1

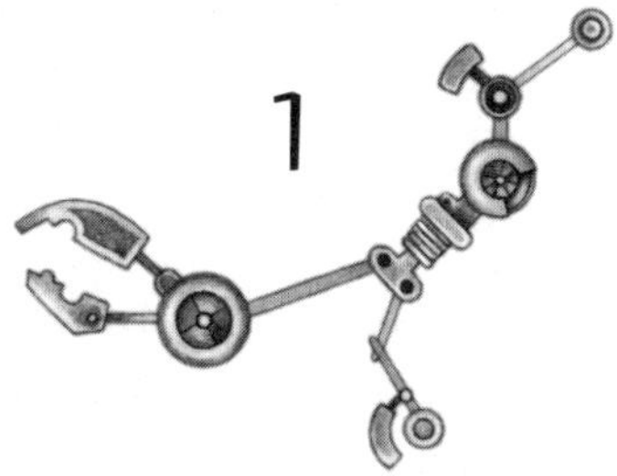

William zögerte.

Er blieb hinter dem Bühnenvorhang stehen. Schaute zu einer gestressten Frau mit Headset hinüber, die ein Stück von ihm entfernt von einem Fuß auf den anderen trat. Von draußen hörte William Applaus, und die Menschen riefen seinen Namen.

Nicht in seiner wildesten Fantasie hätte er sich vorgestellt, dass er jemals in eine solche Situation geraten könnte. Er hatte fast sein Leben lang unter falschem Namen und geheimer Adresse leben müssen. Aber plötzlich wusste beinahe die ganze Welt, wer er war, oder hatte zumindest seinen Namen schon einmal gehört. Und an diesem Abend würde er sogar landesweit im Fernsehen auftreten. Das war schon ein seltsames Gefühl.

»William Wenton ... wo steckst du denn?«, hörte er den Moderator auf der Bühne rufen. »Sicher hat er da hinten einen Code gefunden, den er noch schnell knacken muss.«

Die Zuschauer lachten.

Irgendwer fing an, seinen Namen zu skandieren: »Will-liam, Will-liam ...«

Andere stimmten ein, und bald riefen Hunderte von Stimmen wie aus einem Mund: »WIL-LIAM ... WILL-LIAM ... WILL-LIAM ...«, und trampelten dabei rhythmisch auf den Boden.

Die Frau mit dem Headset kam auf ihn zu. Sie sah nicht gerade erfreut aus. William holte tief Luft und schlüpfte durch einen Vorhangspalt. Er blieb stehen, als er ins Scheinwerferlicht trat, und hörte das Publikum in lauten Jubel ausbrechen. Er versuchte sich umzublicken, war aber von den grellen Lampen vollkommen geblendet.

»Hier entlang!«, rief der Moderator.

Aber kaum wollte William losgehen, da blieb er mit dem Fuß in einem Kabel auf dem Boden hängen und fiel geradewegs auf die Nase.

Irgendwer keuchte auf.

Aber jemand anderes lachte.

William erkannte dieses verbitterte Lachen sofort. Es war Vektor Hansen, selbst ernanntes Genie und Supercodeknacker. Und jetzt lachte er so heftig, dass es sich anhörte, als werde er erwürgt.

William befreite seinen Fuß vom Kabel und kam mühsam wieder auf die Beine.

»Ich hoffe, du bist gut versichert«, scherzte der rundliche Moderator, der auf ihn zugelaufen kam und ihm beim Aufstehen helfen wollte.

William schaute verwirrt zu Ludo Kläbert auf, der schallend lachte und dabei seine leuchtend weißen Zähne bleckte. William war Kläbert zuletzt begegnet, als dieser Moderator bei der Unmöglichkeitsausstellung gewesen war. Damals hatte William den Code geknackt, der dann sein Leben auf den Kopf gestellt hatte.

Kläbert führte ihn zum Sofa. Vektor Hansen hörte auf zu lachen, sobald sich ihre Blicke begegneten. Er wurde ernst und starrte William verärgert und aus zusammengekniffenen Augen an.

»Setz dich«, sagte Kläbert munter und half William auf das Sofa, neben Vektor Hansen, der so weit ans andere Ende rutschte, wie das überhaupt nur möglich war.

Ludo Kläbert glitt hinter seinen Schreibtisch und ließ sich in den Sessel fallen. Dann lächelte er die beiden erst einmal an.

William spürte die Hitze, die die Scheinwerfer unter der Decke ausstrahlten. Er schaute zu den beiden Fernsehkameras hinüber, die vor ihm über den Boden gerollt wurden. Die eine zeigte genau auf ihn. Er konnte sich auf einem Bildschirm am Bühnenrand sehen. Er hatte zwar immer schon eine helle Haut gehabt, aber in dem grellen Licht wirkte er besonders bleich.

»Was ist das für ein Gefühl, William ... hier mit dem Mann zu sitzen, den du vor wenigen Monaten auf das Ärgste gedemütigt hast?«

William schaute hinüber zu Hansen, der Arme und Beine übereinandergeschlagen hatte und mit seinem ganzen Körper seine Abscheu demonstrierte.

William hatte niemals irgendwen demütigen wollen.

»Was ist das für ein Gefühl?«, fragte Kläbert ungeduldig und schielte zum Publikum hinüber.

»Ich weiß nicht«, stammelte William unsicher. »Ich wollte den Code doch gar nicht knacken.«

»QUATSCH!«, fauchte Hansen, dass ihm dabei der Speichel aus dem Mund stob. »Du hast die Lösung garantiert schon vorher gewusst. Irgendwer muss sie dir verraten haben!«

William fiel nichts ein, was er zu seiner Verteidigung sagen könnte, und deshalb schwieg er.

»Stimmt das, William? Dass du die Lösung vorher schon wusstest?«, fragte nun Ludo Kläbert und fuhr sich mit einem dicken Zeigefinger skeptisch über das Kinn.

»Nein ... ich wusste die Lösung überhaupt nicht vorher«, stammelte William und schaute hinüber zum Publikum, das vor Spannung mucksmäuschenstill dasaß. »Das ist wirklich wahr. Ich hatte keine Ahnung. Es ist einfach passiert.«

»Der lügt doch wie gedruckt!«, rief Vektor Hansen und sprang vom Sofa auf. »Man sieht ihm geradezu an, dass er lügt! Und seine Pupillen sind ganz groß! Ein Beweis dafür, dass er lügt!« Hansen hüpfte vor William auf und ab und fuchtelte vor dessen Gesicht mit einem langen Zeigefinger herum.

»Vielleicht ist er einfach nur nervös?«, fragte Kläbert.

»Er ist nicht nervös. Dieser Knabe ist durch und durch gefühllos«, rief Vektor Hansen.

Erst jetzt merkte William, wie er langsam wütend wurde. Er war darauf vorbereitet gewesen, dass Hansen Schwierigkeiten machen würde. Aber dass er William als eiskalten Lügner hinstellte?

Er spürte, dass sein Herz schneller schlug. Er durfte das Gerede nicht so ernst nehmen.

»Aber wir sind ja *nicht nur* hier, um uns nett zu unterhalten«, rief Kläbert und sprang aus seinem Sessel auf. »Können wir also anfangen?« Das Publikum applaudierte wie besessen.

»Bist du bereit für diese Herausforderung?«, fragte Kläbert und zeigte auf William.

»Äh, ja …«, stammelte William.

Die Frau mit dem Headset schob einen runden Tisch heran. Auf dem Tisch lag eine große silberne Servierplatte mit gewölbtem Deckel. William fragte sich, was sich darunter wohl verbarg. Es konnte alles Mögliche sein. Aber bestimmt hatte es mit irgendeinem Code zu tun.

Kläbert drehte sich zum Publikum. »Seid ihr so weit?«, rief er und zeigte auf den Schlagzeuger des Studioorchesters, das neben der Bühne auf seinen Einsatz wartete. Ein wütender Trommelwirbel brachte die Luft in dem aufgeheizten Studio zum Zittern. Abermals brach das Publikum in Jubel aus.

»Seid ihr bereit, Vektor Hansen eine neue Chance zu geben?«, rief Ludo Kläbert.

Das Publikum antwortete mit einem so lauten JAAAA, dass der Boden bebte.

Mit einer dramatischen Bewegung streckte der Moderator die Hand nach dem Deckel aus und riss ihn hoch.

Das ganze Studio schien nach Luft zu schnappen.

William traute seinen Augen nicht. Vor ihm auf der Silberplatte stand etwas, das ihm bekannt vorkam. Zwei Pappschachteln von der Größe eines Schuhkartons. Aber er starrte nicht die Schachteln an, sondern das Bild, das darauf gedruckt war. Es zeigte einen länglichen metallischen Zylinder, der gewaltige Ähnlichkeit mit der Unmöglichkeit hatte. Auf dem Zylinder stand in großen roten Buchstaben: *Die Schwierigkeit.*

»Na, woran erinnert dich das?«, rief Kläbert und lächelte William an. Er hob die eine Schachtel hoch, damit das Publikum sie sehen konnte.

»Das hier kann man morgen in allen Spielzeuggeschäften des Landes kaufen«, rief er, während das Publikum begeistert klatschte

»Aber ...«, stammelte William.

Er konnte es nicht glauben. Eine Spielzeugversion der Unmöglichkeit. Er und Vektor Hansen sollten ein Rätsel lösen, das in Spielzeugläden verkauft wurde!

Er schaute zu Vektor Hansen hinüber, der in seiner Sofaecke saß und grinste.

»Wer hat Lust zu sehen, wie zwei der besten Codeknacker Norwegens oder vielleicht der ganzen Welt darum kämpfen, wer von ihnen die *Schwierigkeit* am schnellsten lösen kann?«

Das Publikum brach in laute Jubelrufe aus.

Ludo Kläbert hob die Hände, um das Publikum zum Schweigen zu bringen. Dann drehte er sich zu William um. »Was sagst du, William? Bist du bereit?«

»Das da ist ja gar nicht echt«, protestierte William.

»Perfekt«, erklärte Kläbert. »Und was sagst du, Vektor?«

Vektor Hansen streifte seine Lederweste ab, schleuderte seinen Pferdeschwanz in den Nacken und rief: »ICH KANN ES GAR NICHT ABWARTEN!«

»Die Regeln sind einfach«, sagte Ludo Kläbert nun. »Wer den Code zuerst knackt, hat gewonnen.«

Hansen nickte der Frau mit dem Headset zu. Sie öffnete beide Schachteln und legte die beiden Schwierigkeiten auf den Tisch. Kläbert hob einen Arm in die Höhe und schaute das Publikum an. Dann drehte er sich zu William und Vektor um.

»DREI …«, begann er. »ZWEI … EINS!«

Er ließ den Arm sinken, und zugleich ertönte ein lautes Klingelzeichen.

Blitzschnell riss Vektor Hansen den nächstgelegenen Zylinder an sich.

William tat es ihm nach. Er spürte sofort, dass die Schwierigkeit nicht von derselben Qualität war wie die Unmöglichkeit. Einige Bestandteile waren aus Plastik, und der Zylinder war viel leichter. Aber das musste ja nicht bedeuten, dass der Code auch leicht zu knacken wäre.

William schaute zu Vektor Hansen hinüber, der bereits losgelegt hatte. Seine langen Finger bewegten sich in gewaltigem Tempo und drehten und wendeten den Zylinder. Er war so in seine Arbeit vertieft, dass aus seinem Mundwinkel bereits ein langer Speichelfaden hing.

William schloss die Augen und konzentrierte sich, wie er das immer tat, wenn er einen Code knacken sollte. Es dürfte nicht allzu schwer sein, Vektor Hansen zu schlagen. William saß einfach nur da und wartete.

Dann spürte er es.

Dieses besondere Gefühl im Bauch, das sich immer einstellte. Das Ziehen setzte stets dort ein, dann wanderte es sein Rückgrat hoch und in seine Hände. Genau das passierte auch jetzt.

Alles um ihn herum schien zu verschwinden.

Das Einzige, was er sah, war der Zylinder in seinen Händen. Der schien zu leuchten, sich gleichsam aufzulösen, als schwebten die verschiedenen Bestandteile vor William in der Luft. William wusste, dass das nicht in Wirklichkeit passierte. Nur er konnte es sehen, das Luridium schien auf irgendeine Weise zu helfen, wenn er einen Code knacken sollte.

Seine Hände fingen an zu arbeiten.

Schneller und schneller.

Sie drehten und wendeten die verschiedenen Teile des Zylinders in einem wahnsinnigen Tempo. Er schaute zu Vektor Hansen hinüber, der auf der Sofakante saß und arbeitete, als gelte es das Leben.

Plötzlich spürte William, wie das warme Gefühl aus seinen Händen verschwand. Er fing an zu frieren. Er schaute nach unten.

Etwas stimmte hier nicht.

Seine Finger zitterten heftig, er konnte die Schwierigkeit fast nicht mehr festhalten, und das Licht, das ihn eben noch umgeben hatte, war verschwunden.

Etwas stimmte hier absolut nicht.

Vor seinen Augen wurde es schwarz, und er fing an, am ganzen Leib zu schlottern.

Und dann hielten seine Hände einfach inne.

Er versuchte sich zu konzentrieren, aber er hatte seinen Körper offenbar nicht mehr unter Kontrolle. Seine Hände waren so kalt, dass er sie kaum noch spürte.

Der Zylinder rutschte ihm aus den Händen und fiel wie in

Zeitlupe zu Boden. William sah entsetzt zu, wie der Zylinder auf das Parkett knallte und zerbrach.

Er saß einfach nur da und starrte verdutzt alle Bestandteile an, die vor ihm auf dem Boden lagen.

Die Schwierigkeit war zerstört.

William hob den Blick zum Publikum. Er konnte sehen, dass die Leute im Saal die Köpfe zusammensteckten und tuschelten, aber er hörte nur ein Summen, wie von einem gewaltigen Hummelschwarm. Ihm war schwindlig, und er griff sich an den Kopf. Dann schaute er zu Vektor Hansen hoch, der die Schwierigkeit triumphierend in die Höhe hielt.

Er hatte den Code geknackt.

Vektor Hansen hüpfte wie ein verrücktes Känguru über die Bühne und jubelte:

»ICH HABE GEWONNEN! ICH HABE GEWONNEN! ICH HABE GEWONNEN UND WILLIAM WENTON HAT VERLOREN!«

2

William hatte die ganze Nacht kein Auge zugetan.

Jetzt saß er am Küchentisch und merkte, wie müde er war.

Seine Mutter kehrte ihm den Rücken zu und buk Pfannkuchen. Sie machte immer Pfannkuchen, wenn William niedergeschlagen war. Er schaute zu einer Zeitung hinüber, die zusammengefaltet auf dem Tisch lag. WILLIAM WENTON: DOCH NICHT SO GENIAL! war die fette Schlagzeile auf der ersten Seite. Darunter zeigte ein Bild den überglücklichen Vektor Hansen, der triumphierend die Schwierigkeit hochhielt, während William wie benommen auf dem Sofa im Fernsehstudio saß.

»Komm schon ... iss so viele, wie du willst«, sagte Mama und stellte einen Teller voller Pfannkuchen vor ihn hin.

»Wie fühlst du dich?«

William zuckte mit den Schultern. Er wusste nicht, was schlimmer war, einen Wettbewerb zu verlieren, bei dem ihn alle schon als Sieger gesehen hatten, oder das Gefühl, die Kontrolle über seinen Körper verloren zu haben. Die ganze Nacht über hatte er sich an neuen Codes versucht, und das Luridium hatte wieder ganz normal funkioniert. Er hatte sie alle gelöst. Was in aller Welt war da im Fernsehstudio passiert? Warum hatte sein Körper dermaßen gezittert? Und was hatte ihn daran gehindert, mit der blöden Schwierigkeit fertigzuwerden?

Mamas Blick fiel auf die Zeitung. Sie zog sie zu sich und schob sie unter einen Stapel von alten Zeitungen auf der Anrichte. Danach drehte sie sich wieder zu William um und sah ihn an, als wisse sie nicht, was sie sonst noch sagen oder tun könnte. Sie zuckte zusammen, als draußen auf dem Gang ein furchtbarer Krach ertönte, so als ob jemand ein Klavier die Treppe hinuntergeworfen hätte.

»Langsam hat er das wohl im Griff«, sagte Mama mit verlegenem Lächeln.

Sie wirkte erleichtert, weil sie endlich über etwas anderes reden konnte.

»Mhm«, sagte William und sah die Pfannkuchen an.

Dann hörten sie wieder ein lautes *krack*. Mama lief hinaus auf den Gang.

»Alles okay?«, hörte William sie fragen.

»Sicher ... ist nur eine Frage des Austarierens«, antwortete Papa mit übertrieben gut gelaunter Stimme.

»Brauchst du Hilfe?«, fragte Mama.

»Nicht doch. Das geht bestens!«, sagte Papa, dann folgten ein Knall und ein Geräusch, als ob etwas zerbrochen wäre.

»Die Vase konnte ich sowieso noch nie leiden«, murmelte Mama, als sie zurück in die Küche kam.

Dann tauchte Williams Vater in der Türöffnung auf.

»Hallo, William ...« Mehr brachte er nicht heraus, denn nun packte seine eine Hand die Tür und knallte sie vor seiner Nase zu.

William konnte sich ein Lächeln nicht verkneifen. Er blieb sitzen und wartete.

Sofort wurde die Tür wieder aufgerissen und Papa kam in die Küche getrampelt. Etwas, das auf den ersten Blick aussah wie metallische Stelzen, war an der Außenseite seiner Beine befestigt. Diese Stelzen reichten von seinen Hüften bis zu seinen Füßen, und Klettverschlüsse hielten sie an Knöcheln und Oberschenkeln fest. An seinen Armen befanden sich ähnliche Geräte: zwei Metallstangen reichten von seinen Schultern bis zu seinen Händen.

Papas Arme fuchtelten unkontrolliert in der Luft herum, während sein Blick sich auf den freien Stuhl neben Mamas richtete.

»Das schaffe ich«, sagte er verbissen und streckte die Hand zielstrebig nach dem Stuhl aus.

Was Papa da an sich hatte, war ein Exoskelett. William wusste, dass das Wort »exo« griechisch war und »außen« bedeutete. Er hatte viele Fernsehsendungen über Tiere gesehen, die ihr Skelett außerhalb des Körpers hatten. Insekten zum Beispiel.

Das Exoskelett seines Vaters war einige Wochen zuvor an der Haustür abgeliefert worden, es war eine Sonderanfertigung des Instituts für Posthumane Forschungen. William hatte gehofft, dass die Sendung des Institutes für ihn wäre, und eigentlich war er ziemlich enttäuscht gewesen, als er auf dem riesigen Paket den Namen seines Vaters entdeckt hatte.

Im beigelegten Brief stand, das Skelett sei ein neuer Prototyp, den Papa doch bitte testen solle. Das Skelett solle es

Leuten wie ihm ermöglichen, sich ohne Rollstuhl fortzubewegen.

Anfangs hatte Papa sich strikt geweigert. Er wollte weder mit dem Exoskelett noch mit dem Institut irgendetwas zu tun haben, und deshalb wollte er das Paket sofort zurückschicken. Aber Mama hatte ihn am Ende überreden können, es doch wenigstens auszuprobieren, was sie inzwischen vielleicht ein bisschen bereute. Es sah nämlich aus, als ob eine Herde von durchgedrehten Büffeln durch das Haus getrampelt wäre.

Papa trampelte durch die Küche und krachte gegen den Kühlschrank. Er taumelte rückwärts und knallte gegen die Anrichte, während der Kühlschrank bedrohlich wackelte.

»Das geht schon ... das geht schon ...«, sagte er und klammerte sich an die Küchenvorhänge.

Die Kühlschranktür sprang auf und ein Milchkarton fiel heraus. Die Milch floss über den Boden und machte es für Papa noch schwerer, sich auf den Beinen zu halten.

»Ich wisch es auf«, sagte Mama.

Papa ließ den Vorhang los, starrte William an und lächelte dabei sogar.

»Wie geht es dir denn heute?«, fragte er mit angestrengter Stimme und stolperte mit ausgestreckten Händen auf den Tisch zu.

»Okay«, log William und legte sich einen Pfannkuchen auf den Teller.

Papa ließ sich neben ihn fallen.

»Mmmm ... Pfannkuchen«, sagte er, nahm sich drei vom Stapel und ließ sie auf den Fußboden klatschen.

»Brauchst du Hilfe?«, fragte William freundlich.

»Nicht nötig. Ich glaube, ich verzichte heute auf Pfannkuchen«, sagte Papa. »Die sind mir zu flach.«

Er lächelte und sie schwiegen, während Mama einen neuen Pfannkuchen nahm und ihn vorsichtig auf Papas Teller legte. Papa schien protestieren zu wollen, aber Mama hob abwehrend die Hand.

»Du musst essen«, erklärte sie energisch. »Denk doch bloß daran, wie viele Kalorien du verbrennst, wenn du diese Geräte da anhast.«

Papa seufzte und nahm sich einen Löffel Marmelade aus dem Glas. Er verkleckerte das meiste davon über dem Tisch, aber mit einem kleinen Rest konnte er den Pfannkuchen doch noch treffen. Dann hob er den Blick und starrte William eine Weile an.

»Mach dir nichts daraus, was gestern passiert ist. Wir wissen, dass du der beste Codeknacker auf der Welt bist. Und die anderen sind alle blöd«, sagte er und rang sich ein Grinsen ab.

Es tat gut, das von Papa zu hören. Noch vor einem Jahr hatte er alles, was mit Codes zu tun hatte, so sehr gehasst, dass er William das Codeknacken verboten hatte.

»Ohne Widerstand können wir nicht wachsen«, sagte Papa. »Sieh dir nur mich an!« Er breitete seine mechanischen Arme aus und wäre dabei fast vom Stuhl gefallen.

William lächelte.

Aber dann sah Papa plötzlich ernst aus. Er beugte sich zu William vor, als ob er etwas überaus Geheimes und überaus Wichtiges sagen wollte.

»Manchmal führen unsere Begabungen uns an Orte, denen wir vielleicht noch nicht gewachsen sind.« Jetzt flüsterte er fast.

»Wie meinst du das?«, fragte William.

»Ich meine, wenn etwas schwierig wird, ist das nicht notwendigerweise eine Niederlage. Es kann auch bedeuten, dass wir dabei sind, uns weiterzuentwickeln. Dass wir lernen. Und stärker werden.«

Papa legte eine kurze Pause ein, dann fügte er hinzu:

»Denk daran, du bist stärker, als du glaubst, William.«

»Wie meinst du das?«, fragte William.

»Das musst du selbst herausfinden«, sagte Papa und pikte ein Stück Pfannkuchen auf, ehe er es sich gegen die Stirn klatschte.

William starrte auf seinen Teller. Er wollte ja mehr lernen. Wollte stärker werden. Aber wie sollte er das schaffen, jetzt, wo er nicht mehr im Institut war?

Mama schien seine Gedanken lesen zu können. »Hast du in letzter Zeit von Opa gehört?«, fragte sie und sah William aufmerksam an.

Der schüttelte den Kopf.

Seine Eltern tauschten einen raschen Blick. Als ob sie etwas wüssten, das er nicht wusste.

»Was ist los?«, fragte er.

William schaute Mama an.

»Was ist los?«, fragte er noch einmal.

Er sah ihr an, dass sie es ihm eigentlich gern erzählt hätte.

»William ... Es gibt etwas, das du wissen solltest ... über Opa«, sagte sie langsam und zögernd.

»Was denn?«, fragte William und setzte sich gerade hin. »Habt ihr mit ihm gesprochen?«

»Nein«, sagte Mama. »Wir haben nichts von ihm gehört ... das ist es ja gerade.«

»Was denn?«

»Dass wir nichts von ihm gehört haben«, sagte sie und machte eine Pause. »Aber so ist er eben.«

»Wie meinst du das?«, fragte William.

»Auf Opa ist nicht immer Verlass«, antwortete Mama. »Nicht, weil er rücksichtslos wäre. Aber er ist so in seine Arbeit vertieft, dass er ab und zu einfach alle in seiner Nähe vergisst. Vor allem seine Familie.« Mama versuchte zu lächeln.

William starrte sie an.

»Meinst du, er hat mich vergessen?«, fragte er.

Mama schüttelte den Kopf. Sie legte die Hand auf seine.

»Ich sage nur, dass er ein bisschen ... zerstreut sein kann. Dass er in seiner eigenen Welt verschwindet. Und dann vergisst er einfach alles um sich herum.«

Mama schaute zu Papa hinüber, dann sah sie wieder William an.

»Ich bin sicher, für dich ist er der tollste Opa auf der ganzen Welt. Aber du bist alt genug, um zu wissen, dass er manchmal Dinge verspricht, die er dann nicht hält.«

William zog seine Hand zurück.

Was versuchte Mama ihm da zu erzählen?

Sollte das heißen, dass er vielleicht nicht ins Institut zurückkehren würde?

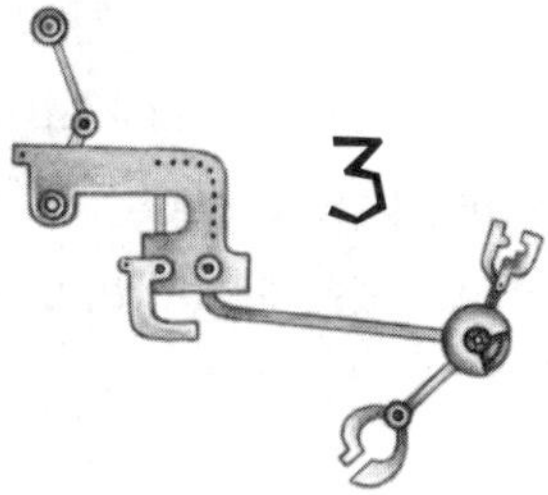

3

Herr Humburger hatte die Hände in die Seiten gestemmt und starrte die Klasse aus seinen katzenhaften Augen an.

William musterte skeptisch den Schmerbauch seines Lehrers, der bedrohlich in Richtung der Schüler zeigte. Er glaubte fast hören zu können, wie der Bauch den Countdown startete, um dann zu explodieren und sie alle auszulöschen.

»Habt ihr eure Hausaufgaben gemacht?«, fragte Herr Humburger und kniff die Augen so fest zusammen, dass sie fast verschwanden.

Zwanzig Köpfe nickten gleichzeitig.

Nur Williams nicht.

»William? Hast *du* etwas, das du vorzeigen kannst?«, fragte Herr Humburger. »Oder warst du zu sehr damit beschäftigt, dich im Fernsehen zu blamieren?« Er stieß ein kurzes Lachen aus, das so plötzlich endete, wie es angefangen hatte.

Herr Humburger hatte William noch nie leiden können. Er verabscheute Schüler, die intelligenter waren als er selbst. Und es gefiel ihm offenbar erst recht nicht, dass William als einer der besten Codeknacker der Welt bekannt war.

Als ob es nicht schon schlimm genug wäre, wieder in seiner alten Klasse in Norwegen zu sein, weit weg vom Institut, hatte William nun auch wieder Herrn Humburger als Klassenlehrer und musste eine Stunde nach der anderen bei ihm durchleiden. Er war übellauniger denn je, und natürlich hatte er Williams Fernsehauftritt miterlebt.

»Habt ihr alle gesehen, was William sich gestern im Fernsehen geleistet hat?«, rief er in die Klasse.

Alle nickten.

»Sehr schön«, sagte Herr Humburger, dann schaute er William schadenfroh an. »Na los, hast du deine Hausaufgaben gemacht? Hast du ein Projekt mitgebracht?«

William schaute die Tischplatte an.

Natürlich hatte er seine Hausaufgaben gemacht. Er hatte sein Projekt schon längst fertig. In seinem Rucksack lag ein mechanischer Krebs, eines der coolsten Dinge, die er in der letzten Zeit erfunden hatte. Aber er hatte keine besondere Lust, den Krebs vorzuzeigen. Er hatte nach dem, was im Fernsehstudio passiert war, überhaupt keine Lust mehr, etwas vorzuzeigen. Viel lieber hätte er sich zu Hause in seinem Zimmer versteckt.

Und wäre nie wieder zum Vorschein gekommen.

»Hast du wirklich gar nichts mitgebracht?« Herr Humburger kam mit katzenhaften Schritten auf William zu.

William schaute zu Herrn Humburgers Schmerbauch hoch, der dicht vor seinem Gesicht auf und ab wogte, wie ein Geleeklumpen im Hemd.

»Doch, er hat etwas mitgebracht. Das liegt in seinem Rucksack«, sagte ein sommersprossiges Mädchen, das gleich hinter William saß. Sie zeigte auf einen Schuhkarton, der aus seinem Rucksack herauslugte. Darauf war mit rotem Filzstift *Projekt* geschrieben.

»Also doch ...«, sagte Herr Humburger enttäuscht und sah für einen Moment aus, als ob es ihm sauer aufgestoßen wäre. Er räusperte sich. »Dann zeig mal her.«

»Jetzt?«, fragte William.

»Aber plötzlich«, blaffte der Lehrer ungeduldig und streckte eine rötliche Hand aus.

William zögerte kurz, dann bückte er sich und nahm den Schuhkarton aus seinem Rucksack.

»Ein Schuhkarton ... wie originell«, sagte Herr Humburger spöttisch.

»Bestimmt liegt etwas darin«, sagte das sommersprossige Mädchen.

»Und, liegt da etwas drin?«, knurrte Herr Humburger.

William nickte.

»Dann her damit«, befahl der Lehrer.

William nahm den Deckel ab und legte ihn vorsichtig neben den Karton. Dann hob er behutsam den mechanischen Krebs heraus und stellte ihn auf das Pult.

»Vorsichtig! Nicht, dass er kaputtgeht, aber ...« Mehr konnte er nicht sagen, denn schon hatte Herr Humburger den Krebs an sich gerissen.

»Was meint ihr wohl, was das hier ist?«, rief er und hielt den Metallkrebs hoch, damit die ganze Klasse ihn sehen konnte.

»Das sieht aus wie so ein Dings, mit dem man sich die Kopfhaut massiert«, meinte ein Mädchen und rückte seine große Brille zurecht. »Meine Mutter hat so ein ähnliches.«

»Ist das so ein Dings, mit dem man sich die Kopfhaut massiert, William?«, fragte Herr Humburger und sah ihn an.

William schüttelte den Kopf. Er merkte, dass er rot wurde. Warum konnte Herr Humburger ihn denn nicht einfach in Ruhe lassen?

»Andere Vorschläge?«, fragte Herr Humburger und ging zurück zum Pult.

»Das ist eine Drohne«, schlug ein rundlicher Junge mit blonden Locken vor. »Eine mechanische Tintenfischdrohne.«

»William?«, rief Herr Humburger. »Ist Drohne die richtige Antwort?«

»Nein ...«, sagte William. »Oder doch, irgendwie schon ... kann ich ihn jetzt zurückhaben?«

William war jetzt wirklich sauer. »Natürlich kannst du ihn zurückhaben«, sagte Herr Humburger. »Sowie du uns gezeigt hast, wozu er gut ist.«

William zögerte.

»Du kannst dir ruhig Zeit lassen, wenn du nur JETZT SOFORT LOSLEGST!«, fauchte Herr Humburger, der inzwischen knallrot im Gesicht war. Schweißtropfen liefen über seine Stirn und auf seine Nasenspitze.

William erhob sich und ging nach vorn ans Pult.

»Leg los«, rief Herr Humburger und warf ihm den Krebs zu.

William konnte ihn gerade noch auffangen, ehe er auf den Boden fiel.

»Dreh dich um und erzähl uns laut und deutlich, was du da gebaut hast.«

William drehte sich zur Klasse um. Er hatte die anderen während seiner Zeit im Institut nicht gerade vermisst. Und er glaubte auch nicht, dass die anderen ihn vermisst hatten. Einige grinsten boshaft, aber zwei andere wirkten ehrlich neugierig.

»Das ist ein mechanischer Krebs«, fing er an und zeigte ihn der Klasse. »Er kann von selbst gehen. Er kann sich umdrehen und er kann pfeifen.«

»WOOOOOW ... das klingt ja total fantastisch, William«, sagte Herr Humburger, ehe William noch mehr sagen konnte. »Ein pfeifender Krebs. Nicht gerade eine Erfindung, die die Welt retten wird, glaube ich.« Sein fettes Gesicht verzog sich zu einem krampfhaften Grinsen. »Dann zeig uns doch mal ...«

»Ich kann es versuchen«, sagte William kleinlaut.

Er stellte den Krebs auf das Pult und drückte auf einen Knopf auf dem Krebsrücken.

Das kleine mechanische Tier blieb bewegungslos stehen. William stupste es mit dem Zeigefinger an. Aber nichts passierte.

»Sehr gut, William«, wieherte Herr Humburger. »Du hast eine mechanische Krebsskulptur gebaut.«

Einige lachten. Ein großer dünner Junge, der Liebling von Herrn Humburger, kicherte so aufgesetzt, dass William fast selber losgelacht hätte.

William schaute wieder den Krebs an. Er hätte ihn sich am liebsten geschnappt und wäre damit aus der Klasse gestürzt.

»Ich glaube nicht ...«, begann er, wurde aber davon unterbrochen, dass der Krebs plötzlich die Beine bewegte und dann auf den Pultrand zulief, während er die englische Nationalhymne pfiff. Die Klasse schnappte nach Luft.

»Fang ihn ein! Der fällt sonst runter«, rief ein Mädchen und zeigte auf den Krebs, der noch immer auf den Pultrand zuhielt.

»Wartet«, sagte William.

Als der Krebs den Rand erreicht hatte, machte er eine scharfe Wendung und marschierte wieder zurück.

»Der kapiert, wann er wenden muss«, erklärte William und schaute die Klasse an.

Viele sahen beeindruckt aus und er fühlte sich etwas besser.

»Na schön, er kann also pfeifen und sich umdrehen. Aber das können wir alle. Was kann er sonst noch?«, fauchte Herr Humburger und schaute auf seine Armbanduhr. »Jede Vorführung soll drei Minuten dauern. Du hast noch eine Minute, um uns etwas zu zeigen, was nicht absolut sterbenslangweilig ist.«

Es war leicht zu verstehen, dass es Herrn Humburger gar nicht gefiel, dass Williams Projekt offenbar funktionierte.

»Ab und zu kann er auch die Wand hochklettern«, sagte William.

»Gelogen«, rief der Lehrer, und sein Schmerbauch klatschte William ins Gesicht.

»Es stimmt!« Jetzt war Williams Ehrgeiz geweckt und er wollte der Klasse zeigen, was sein Krebs alles konnte.

Er stellte ihn auf den Boden, und der Krebs lief geradeaus, bis er bei der Wand angekommen war. Dann stieß er immer wieder mit dem Kopf dagegen, wie ein kleiner Stier. Herr Humburger war entzückt.

»Das ist ja schade«, sagte er grinsend. »Der funktioniert offenbar doch nicht. Das gibt eine schlechte Note ... DER NÄCHSTE.«

Plötzlich schnappte die Klasse wieder nach Luft.

»Da!«, rief ein Mädchen und zeigte auf den Krebs.

Der war inzwischen schon die halbe Wand hochgelaufen.

»Er hat einen elektrostatischen Elektrizitätsgenerator im Bauch«, erklärte William. »Das ist dasselbe Prinzip, wie wenn man sich mit einem Ballon an den Haaren reibt, und dann haftet er an der Wand.«

Die ganze Klasse starrte den Krebs an, der seitwärts die Wand hochlief, bis er die Decke erreicht hatte. Dort blieb er eine Weile stehen, dann wanderte er über die Decke weiter.

»Das hat er noch nie gemacht«, murmelte William.

»Was denn?«, fragte Herr Humburger.

»An der Decke laufen«, sagte William.

»Nicht?«, rief Herr Humburger. »Dann tut er also nicht, was er soll? Das gibt eine schlechte Note!«

Die ganze Klasse sah zu, wie der kleine Wicht an der Decke hin und her eilte. Er knallte gegen eine Lampe, wechselte die Richtung und kam dann genau über Herrn Humburger zum Stehen.

»Was ist denn jetzt los?«, fragte Herr Humburger unsicher.

»Äh«, stotterte William. Er wusste es ja selbst nicht so recht. »Der wartet.«

»Wartet ...«, äffte Herr Humburger ihn nach und verzog seine Schneckenlippen zu einer Art Schmollmund. »Worauf wartet er denn? Auf den Weihnachtsmann?«

Die Klasse lachte ein bisschen.

»Auf Befehle«, improvisierte William. Er versuchte, sich so überzeugend anzuhören wie möglich.

»Befehle kann er gern haben«, sagte Herr Humburger.

Er holte sich einen Besen, der an der Wand gelehnt hatte, und tippte den Krebs mit der Spitze des Schaftes vorsichtig an.

»Der sitzt total fest. Das ist nicht gut. Davon kann die Farbe an der Decke zerkratzt werden«, blaffte der Lehrer durch zusammengebissene Zähne. »Das gibt eine schlechte Note!«

»Warten Sie«, sagte William.

»Warten im Garten«, spottete Herr Humburger und schlug mit dem Besenstiel gegen den Panzer des Krebses.

Plötzlich löste sich der Krebs von der Decke und fiel Herrn Humburger mitten auf den Kopf. Die Klasse schnappte nach Luft.

»Au ... au ... au ... der hat mich angegriffen«, rief Herr Humburger. »Wo steckt er denn?« Er schaute sich ängstlich um, griff sich dabei an den Kopf und schwankte. Es sah fast aus, als werde er gleich in Ohnmacht fallen.

»Da ist er!«, rief ein Junge und zeigte auf den Krebs, der auf dem Boden auf ein Bücherregal zurannte.

»Aus dem mach ich eine Konservendose«, schrie Herr Humburger.

Er hob den Besen wie ein Schwert und machte sich auf die

Jagd. Er sprang vorwärts und stieß nach dem Krebs. Der bewegte sich im Zickzack über den Boden und verschwand dann blitzschnell unter dem Bücherregal.

»Stehen bleiben, du Blödmann!«, brüllte Herr Humburger und stieß mit dem Besenstiel zu.

Der Besenstiel traf das Bücherregal und brach entzwei.

»Seht ihr, was der angerichtet hat«, schrie Herr Humburger und warf den zerbrochenen Besen weg, der daraufhin durch die Luft flog und den Kopf eines Mädchens streifte, das gerade eben noch ausweichen konnte. »Das ist Zerstörung schulischen Eigentums!«

Der Lehrer ließ sich auf den Boden fallen, schob die Hand unter das Bücherregal und suchte wütend nach dem Krebs.

»Ich glaube, das ist keine so gute Idee«, sagte William vorsichtig. »Vielleicht hat er Angst, und dann ...«

Aber es war schon zu spät.

Plötzlich heulte Herr Humburger auf wie ein abgestochenes Schwein, wälzte sich vom Bücherregal weg und schüttelte hektisch die Hand. Der Krebs hatte ihm beide Krallen in den Zeigefinger geschlagen und hing jetzt daran fest.

»Mach ihn ab. MACH IHN AB!«, kreischte Herr Humburger. »Der hat mich schon wieder angegriffen! Der ist ja vollkommen wild geworden!«

Herr Humburger knallte den kleinen Krebs auf den Boden, und ein Stück vom Panzer brach ab.

»Warten Sie«, rief William verzweifelt und lief zum Lehrer hinüber. »Bleiben Sie still liegen, dann mach ich ihn ab«, versprach er.

Aber Herr Humburger wälzte sich einfach weiter und knallte dabei gegen Stühle und Tische. Im Klassenzimmer breitete sich Panik aus. Ein Mädchen fing an zu heulen und kletterte auf einen Tisch.

»Mach ihn ab«, rief Herr Humburger, während er den Krebs schüttelte wie eine Stoffpuppe.

»Jetzt halten Sie doch mal still«, rief William. Er merkte, dass seine Geduld fast zu Ende war.

Herr Humburger stieß gegen ein weiteres Bücherregal. Er kam auf die Beine und schaute sich mit irrem Blick um.

»Wo steckst du, du kleiner mechanischer Quälgeist?«, fauchte er.

William entdeckte den Krebs, der direkt hinter Herrn Humburger auf dem Boden aufgetaucht war.

»Da ist er«, rief ein Junge und zeigte darauf.

»Wo denn?«, fragte der Lehrer und hüpfte von einem Bein auf das andere.

Dünnes Metall knackte, als Herr Humburger mit einem Fuß auf den Krebs trat.

»Ich werds dir zeigen, du kleine Blechdose«, schrie er und hüpfte weiterhin auf und ab.

»Nein, warten Sie«, rief William. »Halt!«

»Erst, wenn der zu einer Blechflunder geworden ist«, blaffte Herr Humburger, sodass der Speichel nur so flog.

Plötzlich verspürte William den stechenden Schmerz im Kopf und die lähmende Kälte, die sich in seinem Körper und in seinen Armen ausbreitete.

Er konnte sich nicht mehr bewegen.

Eine unsichtbare Kraft schien ihn festzuhalten. Eine Kraft, wie eine magnetische Welle, die ihn durchströmte und ihm die Kontrolle über seinen eigenen Körper nahm.

Er schaute seine Hände an, die auf einmal eiskalt waren. Sie zitterten heftig. Sein ganzer Körper fühlte sich an wie mit eiskaltem Wasser gefüllt. Dieser Anfall war ähnlich wie der gestern im Fernsehstudio, nur noch viel stärker. William schaute hinüber zu Herrn Humburger, der noch immer auf dem wehrlosen kleinen Krebs herumsprang.

»Nicht …«, konnte William gerade noch sagen, dann wurde ihm schwarz vor Augen.

Als William wieder zu sich kam, standen alle in der Klasse über ihn gebeugt da und starrten ihn an.

»Was ist passiert?«, fragte er.

Ein Junge namens Eilert hob den Arm und zeigte nach oben.

William fuhr zusammen, als er Herrn Humburger oben auf einem Bücherregal entdeckte. Herr Humburger stöhnte und war offenbar kurz davor, wieder zu sich zu kommen.

»Wie …«, stammelte William und blickte Eilert fragend an.

»Das warst du«, sagte Eilert und wich unsicher einen Schritt zurück. »Du hast ihn da raufgeworfen.«

Plötzlich schlug Herr Humburger die Augen auf und schaute sich um. Als ihm klar wurde, wo er sich befand, stieß er einen so lauten Schrei aus, dass ein Mädchen in Ohnmacht fiel.

Der Lehrer klammerte sich an das wacklige Bücherregal, während er William mit entsetzten Augen anstarrte.

»Du ... bist ein ... Monster«, stotterte er.

Die anderen in der Klasse glotzten William an wie einen Außerirdischen.

William fuhr herum und stürzte zur Tür.

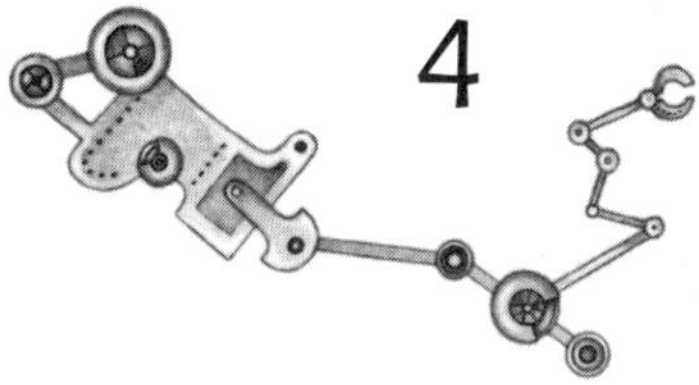

4

William blieb vor dem Schultor stehen und rang nach Atem.

Sein Herz dröhnte wie ein Presslufthammer. Er schaute zu dem Fenster seines Klassenzimmers hoch, wo die anderen standen und auf ihn herabstarrten. Ihm war schwindlig und er hatte Angst.

Er schaute seine Hände an. Der Anfall war vorüber. Er hatte seinen Körper wieder unter Kontrolle, aber er fürchtete sich noch immer. Was ging denn nur in ihm vor?

Er musste weg von der Schule. Weg von den vielen neugierigen Blicken. Musste einen Ort finden, an dem er denken konnte. Er ging weiter.

»William ...«, flüsterte plötzlich eine heisere Stimme.

William blieb stehen und sah sich um.

Er entdeckte eine Gestalt, die ein Stück weiter die Straße entlang im Schatten eines Wartehäuschens stand. Die Gestalt stand so still da, dass sie fast mit dem Hintergrund verschwamm. Sie beugte sich ein wenig vor, sodass die halblangen dunklen Haare ihr Gesicht teilweise verdeckten. Ohne den langen, teuer aussehenden Ledermantel hätte William geglaubt, einen Obdachlosen vor sich zu haben. Er nahm einen vagen Geruch nach verbranntem Gummi wahr.

»Du zitterst, William. Ist alles in Ordnung?«, fragte die Gestalt mit fremdländischem Akzent.

»Ja«, sagte William. »Woher kennen Sie meinen Namen?«

Eine blöde Frage vielleicht, da er doch gerade erst im Fernsehen aufgetreten war. Aber er wunderte sich trotzdem.

»Ich kann dir helfen.« Die Gestalt trat zwei Schritte auf William zu, der instinktiv zurückwich. Erst jetzt, als die Gestalt aus dem Schatten trat, sah William, dass sie etwas in der Hand hielt. Eine Ledertasche, in der etwas Rundes steckte.

»Muss weiter«, sagte William, drehte sich um und lief los.

»Warte«, sagte die Gestalt.

Aber William wartete nicht. Er lief schneller. Als er ein Stück weit gekommen war, schaute er sich eilig um.

Die Gestalt war verschwunden. Er lief weiter.

Aber plötzlich sah er die Gestalt wieder, jetzt war sie vor ihm, halbwegs hinter einem Busch versteckt.

William blieb stehen.

Er wusste nicht, was er tun sollte. Es konnte auf keinen Fall dieselbe Person sein, die eben noch mit ihm gesprochen hatte. Niemand konnte so schnell laufen, das war unmöglich. Er ging weiter und bog in eine Seitenstraße ab. Plötzlich hörte er hinter sich ein leises Summen.

Ein Automotor?

Er sah sich vorsichtig um und entdeckte ein Stück hinter sich ein schwarzes Auto. Es fuhr so langsam, wie er ging. William wurde schneller. Schließlich rannte er los und schaute sich wieder um. Das Auto war jetzt so schnell wie er. Jetzt bekam William es mit der Angst zu tun. Er rannte so schnell, wie er nur konnte, und hielt dabei Ausschau nach einem Versteck.

Er befand sich zwischen frei stehenden Häusern mit großen Gärten hinter weißen Zäunen und versuchte, seine Angst in den Griff zu bekommen.

Es stand ja nicht fest, dass das Auto es auf ihn abgesehen hatte. Es konnte auch alles ein Zufall sein. Sollte er einfach stehen bleiben und sich nichts anmerken lassen? Bis das Auto vorübergefahren war? Nein, das war keine gute Idee.

Er hielt Ausschau nach etwas, das ihm helfen könnte, aber er war allein auf der Straße. Der Wagen war jetzt dicht hinter ihm. Aus purer Verzweiflung ließ sich William über einen Gartenzaun fallen. Durch den Zaun würde das Auto ihm trotz allem nicht folgen können.

In dem Moment, in dem er auf der anderen Seite im Gras landete, hörte er ein tiefes Knurren. Neben ihm stand ein großer schwarzer Hund und starrte ihn aus kalten Augen an. Der Hund bleckte die Zähne und knurrte drohend. William entdeckte an einem Baum ein Schild, auf dem in großen roten Buchstaben stand: VORSICHT BISSIGER HUND!

William wagte nicht, auch nur einen Muskel zu bewegen. Er konnte Hunde nicht leiden. Große schwarze Hunde mit scharfen Zähnen schon gar nicht. Er hörte, dass auf der anderen Seite des Zauns das Auto zum Stehen kam. Der Hund sah aus, als ob er jeden Moment angreifen könnte.

Eine Autotür wurde geöffnet.

William blickte sich vorsichtig um und sah die Umrisse einer Gestalt, die aus dem Auto stieg. Das schien dem wütenden Hund überhaupt nicht zu gefallen. Er bellte so laut, dass William schon fürchtete, sein Trommelfell könnte platzen. Dann machte der Hund einen Sprung auf ihn zu.

Plötzlich schoss ein blauer Strahl an William vorbei und traf den Hund, der in der Luft erstarrte und direkt vor ihm landete. Er blieb stocksteif auf dem Boden liegen. Das Einzige an ihm, was sich noch bewegte, waren die Augen.

William hatte solche Angst, dass er sich nicht rühren konnte. Er schloss die Augen und wartete nur darauf, ebenfalls von dem blauen Strahl getroffen zu werden.

»Du kannst jetzt rauskommen«, sagte eine Stimme, die er kannte.

Das konnte doch nicht …?

»William«, sagte die Stimme jetzt. »Die Gefahr ist vorüber. Der kann dir nichts mehr tun. Aber du musst über den Zaun klettern, ehe der Passivator aufhört zu wirken.«

»Opa …?«, flüsterte William und drehte sich vorsichtig um.

Und richtig.

Hinter dem Zaun stand sein Großvater und lächelte. Er sah genauso aus wie immer. Sein grauer Bart war sorgsam gekämmt und er trug einen braunen Wollanzug. In der einen Hand hielt er etwas, das aussah wie ein Föhn mit zu vielen Funktionen.

»Ein Passivator«, sagte der Großvater und hob den Föhn hoch. »Er deaktiviert die Moleküle in organischem Material. Nicht übel, was?«

William nickte.

»Komm, wir haben viel zu besprechen«, sagte der Großvater, öffnete die Autotür und stieg ein.

William wollte gerade über den Zaun klettern, zögerte dann aber. Schon einmal war er von Abraham Talley hereingelegt worden, der seine Gestalt verändert und genau wie der Großvater ausgesehen hatte, und durch Schaden wird man bekanntlich klug. Obwohl er wusste, dass Abraham Talley jetzt eingefroren und sicher verwahrt in einer einbruchsicheren Kammer im Institut lag, konnte man doch niemals vorsichtig genug sein.

»Ich weiß, was du denkst, William. Ich bin es wirklich. Außerdem habe ich deine beiden Freunde mitgebracht, die du so gernhast.« Der Großvater klopfte mit den Knöcheln gegen die Glasscheibe im Auto.

Sofort glitt das dunkel getönte Fenster auf der Fahrerseite nach unten, und zwei rothaarige Männer mit lockigen Bärten sahen William an.

Die Chauffeure waren das Einzige, was William am Institut nicht gefiel. Sie hatten etwas Beunruhigendes an sich. Ihre gefühllosen Augen. Ihre steifen Bewegungen. Die unmenschliche Kraft.

Plötzlich hörte er hinter sich wieder das leise Knurren. Der Hund gewann die Kontrolle über seinen Körper zurück und versuchte, auf die Beine zu kommen. William sprang über den Zaun und setzte sich blitzschnell auf die Rückbank des Autos. Die Tür wurde automatisch geschlossen und der Wagen fuhr los.

William schaute zu seinem Großvater. Ihre letzte Begegnung schien eine Ewigkeit her zu sein. Es war schön, ihn wiederzusehen.

»Heute früher fertig mit der Schule?«, fragte der Großvater.

»Äh ... ja«, sagte William.

Er konnte sehen, dass der Großvater ihm nicht so recht glaubte.

»Wo warst du eigentlich?«, fragte William ihn eilig. »Warum hast du nicht angerufen oder geschrieben oder uns besucht?«

»Ich habe gearbeitet«, sagte der Großvater.

William musste daran denken, was seine Mutter ihm am Küchentisch erzählt hatte. Dass der Großvater seine Versprechen nicht immer hielt. Aber er konnte ihm nicht böse sein. Er war einfach überglücklich, dass sein Großvater wieder da war.

»Wo hast du denn gearbeitet?«, fragte William.

»Im Himalaya«, antwortete der Großvater und machte sich an etwas zu schaffen, das an einer langen Silberkette um seinen Hals hing und aussah wie ein USB-Stick.

»Im Himalaya?«, fragte William beeindruckt. »Was hast du denn da gemacht?«

»Alte Zivilisationen studiert natürlich«, sagte der Großvater mit listigem Lächeln. »Was denn sonst?«

Dann musterte er William eine Zeit lang, ohne etwas zu sagen. Musterte ihn von Kopf bis Fuß und warf einen verstohlenen Blick auf seine Hände. Als ob er etwas über die Anfälle wüsste. William fühlte sich gar nicht wohl in seiner Haut und versteckte die Hände in seinen Jackentaschen. Der Großvater sollte nichts davon wissen. Noch nicht.

»Wie geht es dir?«, fragte der Großvater nach einer Weile.

»Gut«, antwortete William und rutschte verlegen hin und her.

»Bist du sicher?« Sein Großvater schien ihm nicht so ganz zu glauben.

»Mhm. Ganz sicher«, sagte William und versuchte so locker zu wirken wie nur möglich.

»Ich hab gehört, was gestern im Fernsehen passiert ist«, sagte der Großvater.

William hatte das Gefühl, von einem großen Stein im Bauch getroffen zu werden. Ihm war plötzlich schwindlig und schlecht. Es war ja eigentlich hoffnungslos zu glauben, der Großvater hätte das nicht mitbekommen, wenn doch ganz Norwegen Zeuge seiner Niederlage geworden war.

»Ich weiß nicht, was da passiert ist. Es war, als ob ...«

»Als ob du die Kontrolle über deinen Körper verloren hättest?«, fragte der Großvater.

»Ja«, William nickte und sah auf seine Hände. »Weißt du, was da los sein kann?«

»Keine Ahnung«, sagte der Großvater. »Aber wir werden versuchen, es herauszufinden.«

»Wirklich?« William schaute auf.

»Jepp. Bist du bereit zur Rückkehr ins Institut?«, fragte der Großvater und fuhr ihm durch die Haare. »Viele da freuen sich darauf, dich wiederzusehen.«

»Ja, mehr als bereit«, sagte William und lächelte erleichtert.

Er fühlte sich im Institut wohler als an irgendeinem anderen Ort. Vielleicht, weil er zu fünfzig Prozent aus Luridium bestand. Oder weil sein Großvater dort gewesen war. Oder weil es der einzige Ort auf der Welt war, wo er das Gefühl hatte, er selbst sein zu können.

»Wir waren schon bei dir zu Hause und haben gepackt. Die Zeit drängt nämlich ein bisschen. Du kannst Mama und Papa anrufen, wenn wir angekommen sind.«

»Aber ...«, protestierte William.

»Das muss jetzt eben so sein«, sagte der Großvater und warf einen raschen Blick durch die Heckscheibe, wie um festzustellen, ob sie verfolgt würden.

William war es bisher noch nicht aufgefallen. Aber jetzt sah er etwas in den Augen des Großvaters. War das Angst?

Wieder hatte William ein schlechtes Gefühl.

»Stimmt was nicht?«, fragte er.

»Nichts, worüber du dir Sorgen machen musst«, sagte der Großvater und trommelte gegen die Scheibe, die sie von den Chauffeuren trennte.

Das Auto wurde schneller.

William wollte gerade nach dem USB-Stick fragen, als der Wagen plötzlich heftig erschüttert wurde. William wurde nach vorn geschleudert und landete auf dem Boden. Waren sie angefahren worden? Er zog sich wieder hoch auf den Sitz und sah den Großvater an.

»Was war das?«, fragte er.

Aber sein Großvater gab keine Antwort. Er kniete auf dem Sitz und zielte mit dem Passivator durch die Heckscheibe.

»Ich sehe niemanden. Gas geben!«, rief er den Chauffeuren zu.

William wurde im Sitz zurückgepresst, als der Wagen beschleunigte.

»Was ist denn los?«, rief er und klammerte sich fest.

Aber der Großvater schien ihn nicht gehört zu haben.

»Wie ist es möglich ...?«, murmelte der Großvater und starrte durch die Heckscheibe.

Gleich darauf sah William eine Gestalt, die vor dem Auto auf die Straße sprang. Die Chauffeure schienen nicht anhalten zu wollen.

»Da ist jemand auf der Straße!«, rief William und klopfte an die Glasscheibe.

Aber die Chauffeure achteten nicht auf ihn. Statt zu bremsen, wurden sie nur noch schneller.

»Opa ...!«, rief William.

Aber noch bevor sie die Gestalt berührten, löste die sich in Luft auf.

Der Wagen fuhr weiter. William drehte sich um und konnte gerade noch die Gestalt erkennen, die jetzt hinter ihnen wiederauftauchte. Sie hob den Arm und zeigte auf ihn.

»Habt ihr gesehen, wer das war?«, rief der Großvater.

Ein blauer Strahl schoss aus der Hand der Gestalt und traf das Auto mit voller Wucht. Das schlingerte über die Fahrbahn und wäre fast mit einem Bus zusammengestoßen, der aus der Gegenrichtung kam.

William wurde nach vorn geschleudert und knallte mit dem Kopf gegen das Panzerglas.

5

William versuchte die Augen zu öffnen.

Er fühlte sich wie gerädert und schien eine Tonne zu wiegen. Seine Augenlider waren bleischwer. Irgendwann konnte er sie zu einem schmalen Spalt öffnen und blinzelte ins Licht.

»HALLO?«, rief er.

Es klang, als ob er in eine Decke gewickelt wäre.

Wo war er?

Endlich konnte er die Augen ganz aufreißen, und nun sah er, dass er in einem Bett lag.

»Wo bin ich?«, fragte er.

Aber er bekam keine Antwort.

Er war allein.

William ließ sich zurücksinken und blinzelte ein paarmal. Dann bemerkte er den Schmerz in seiner Stirn. Er hob die Hand und entdeckte eine Beule an seiner Schläfe. Plötzlich erinnerte er sich daran, was geschehen war, und dass er sich im Auto den Kopf angestoßen hatte.

Er setzte sich ruckartig auf und ihm wurde schwindlig. Er zwinkerte einige Male, und langsam wurden die Einzelheiten des Zimmers deutlicher.

Er erkannte es wieder.

Das kleine Fenster.

Den Schreibtisch.

Die Tür.

Er war wieder in seinem Zimmer im Institut.

Eine Welle der Freude durchströmte ihn. Er hob vorsichtig die Beine über die Bettkante und merkte, dass er sonst nirgendwo verletzt war.

Dann ließ er seinen Blick langsam durch das Zimmer wandern.

Er hatte schon befürchtet, nie wieder hierherzukommen. Doch jetzt war er da.

Aber etwas war anders.

Alle Möbel im Raum waren am Boden festgeschraubt worden. Das Tageslicht kämpfte sich nur mühsam durch ein Metallgitter, das vor dem kleinen Fenster angebracht worden war, und die Wände waren mit Schaumgummiplatten gepolstert. Das Zimmer sah aus wie eine Gefängniszelle. Etwas Schreckliches musste passiert sein.

»HALLO?«, rief er noch einmal mit zitternder Stimme.

Er bekam es allmählich mit der Angst zu tun. Warum sah sein Zimmer aus wie eine Gefängniszelle?

»Willkommen, William. Hast du gut geschlafen?'« fragte eine Stimme, die er kannte.

»Tür?«, rief William überrascht und schaut die Tür an.

»Jepp, genau dieselbe«, sagte die Tür. »Hast du Hunger? Durst?«

»Wo ist mein Großvater?«, fragte William.

»Rosinenbrötchen?«, fragte die Tür.

Eine Klappe öffnete sich, ein langer Arm schoss heraus und eine Hand mit einem noch ofenwarmen Rosinenbrötchen hielt dicht vor Williams Gesicht inne.

William starrte das Brötchen an.

»Toll, was?«, fragte die Tür stolz. »Ich hab jetzt einen Arm. Ist sehr viel praktischer.«

»Ich will mit meinem Großvater reden«, sagte William.

»Der ist nicht hier«, sagte die Tür. »Willst du nun das Rosinenbrötchen oder nicht?« Der mechanische Arm wurde noch länger und presste ihm das Rosinenbrötchen ins Gesicht.

William schob es weg. »Ich muss aber mit ihm sprechen.«

»Das geht nicht«, sagte die Tür und fuchtelte weiter mit dem Rosinenbrötchen herum.

»Warum nicht?«, fragte William und wurde jetzt langsam sauer.

»Er ist nicht hier, hab ich doch gesagt«, antwortete die Tür kleinlaut. Der Arm verschwand wieder in der Klappe.

William setzte sich auf. »Soll das heißen, dass er gar nicht ... im Institut ist?«

»Ja«, sagte die Tür.

»Aber wo ist er denn dann?«, fragte William.

»Weiß nicht«, sagte die Tür. »Das ist streng geheim.«

William blieb sitzen. Hatte sein Großvater ihn hier einfach abgesetzt? Das konnte er nicht glauben. Er starrte die Tür wortlos an.

»Es wird Muschelisierung genannt«, sagte die Tür nach einer Weile.

»Muschelisierung?«, wiederholte William.

»Ja …«

»Was denn?«

»Wenn ein Zimmer auf diese Weise gesichert wird. Dann wird es dicht wie eine Muschel. Man könnte hier drinnen eine Bombe hochgehen lassen, und niemand würde es hören.«

William schauderte. Er stand unsicher auf, ging zum Fenster hinüber und schaute durch das Gitter. Er konnte fast nicht glauben, was er dort draußen sah.

Ein hoher weißer Zaun zog sich um den gesamten Garten. Der Zaun war fast so hoch wie die Bäume, und obendrauf waren Kameras montiert, die in alle Richtungen blickten. Unbemannte Raupenfahrzeuge mit etwas auf dem Dach, das wie eine Kanone aussah, fuhren am Zaun hin und her. Auf jeder Seite des großen Gartens ragte ein hoher Wachtturm mit gigantischen Scheinwerfern in die Höhe.

»Wenn du meinst, dass alles schlimmer geworden ist, seit du zuletzt hier warst, dann irrst du dich«, sagte die Tür. »Es ist nämlich *viel* schlimmer geworden.«

»Das sehe ich«, sagte William und drehte sich zur Tür um. »Warum hat sich das Institut in etwas verwandelt, das wie ein Gefängnis aussieht?«

»Darüber darf ich dir nicht viel sagen. Aber während du weg warst, ist hier allerlei passiert. Und die Stimmung ist jetzt ein wenig … wie soll ich sagen … angespannt.«

»Was ist denn passiert?«, fragte William.

»Ich darf dir wirklich nicht viel erzählen«, sagte die Tür. »Ich musste eine Schweigeverpflichtung unterschreiben.«

»Mein Großvater hat sich sehr seltsam verhalten, als er

mich vor der Schule aufgelesen hat«, sagte William. »Und außerdem sind wir verfolgt worden.«

»Verfolgt?«, fragte die Tür. »Von wem denn?«

»Weiß nicht«, sagte William. »Ich glaube, mein Großvater wusste das auch nicht. Er war sehr angespannt. Vielleicht hatte das damit zu tun, dass auf uns geschossen wurde.«

»Geschossen?«, rief die Tür.

»Ja«, sagte William. »Mit einer Art Laserwaffe.«

»Das klingt nicht gut«, sagte die Tür und verstummte, als müsse sie nachdenken.

William schaute wieder aus dem Fenster. Die neue Aussicht gefiel ihm nicht.

»Das Institut scheint vor irgendwem schreckliche Angst zu haben«, sagte William und folgte einem Raupenfahrzeug mit den Blicken.

»Du weißt ja, wer ... unten im Keller liegt«, sagte die Tür im Flüsterton.

»Du meinst ... Talley?«, fragte William.

»Ja«, antwortete die Tür. »Abraham Talley.«

William wusste nur zu gut, wer unten im Keller lag. Abraham Talley war der Grund, warum er und seine Eltern von England nach Norwegen hatten fliehen müssen, als William vier Jahre alt gewesen war. Und danach hatten sie acht Jahre lang unter einer geheimen Adresse und falschem Namen gelebt.

Aber jetzt lag Talley eingefroren in einem kryogenischen Tank in einem einbruchsicheren Gewölbe irgendwo tief unten in dem gigantischen Keller des Instituts.

»Seit er hergebracht worden ist, ist das Institut nicht mehr dasselbe. Auf uns scheint ein Fluch zu lasten. Alle haben Angst. Viele Kandidaten sind nach Hause geschickt worden. Jetzt sind nur noch einige wenige hier.«

»Was ist mit Iscia?«, rutschte es William heraus.

Er hatte sich so auf ein Wiedersehen mit ihr gefreut. Aber jetzt hatte er Angst, dass er sie doch nicht wiedersehen würde.

»Ich darf dir nicht sagen, wo sie sich aufhält«, sagte die Tür. »Das ist geheime Information. Hast du denn in letzter Zeit etwas von ihr gehört?«

»Nein«, antwortete William. »Nicht einen Ton.«

»Eben«, sagte die Tür düster.

»Wie meinst du das?«, fragte William.

»Sie hätte sich sicher bei dir gemeldet, wenn sie dich wiedersehen wollte«, sagte die Tür. »Oder ihr ist befohlen worden, nichts von sich hören zu lassen. Vor allem nach dem, was in Oxford passiert ist ...« Die Tür unterbrach sich mitten im Satz.

William trat näher und starrte sie an.

»Oxford?«, fragte er. »Was ist in Oxford passiert?«

»Gar nichts«, sagte die Tür eilig. »Vergiss einfach, dass ich Oxford gesagt habe. Ich habe Oxfam gemeint ... aber da ist auch nichts passiert ... Soviel ich weiß, ist nirgendwo irgendetwas passiert.«

William kannte die Tür gut genug, um zu wissen, wann die sich verplappert hatte.

»Was ist also in Oxford passiert?«, fragte William.

»Das habe ich doch gar nicht gesagt«, behauptete die Tür.

»Ich habe nur gesagt, dass in Oxford gerade richtig gutes Wetter ist.«

»Das hast du nicht gesagt«, beharrte William. »Du hast gesagt, da sei etwas passiert!«

»Na gut, von mir aus. Dann hab ich das eben gesagt. Aber du kannst genauso gut gleich wieder vergessen, dass ich das gesagt habe. Willst du das Rosinenbrötchen nun oder nicht?«

Die Klappe wurde wieder geöffnet und der mechanische Arm schoss heraus und hielt William das Rosinenbrötchen ein weiteres Mal vor die Nase.

»Nein«, sagte William und schob das Brötchen weg. »Ich will wissen, was in Oxford passiert ist.«

»Ich kann dir wirklich nichts erzählen. Aber du wirst es sicher ohnehin bald erfahren. Warum glaubst du denn, dass sie es plötzlich so wahnsinnig eilig hatten, dich wieder herzuholen?«

»Sie hatten es so eilig, mich herzuholen, weil ich nicht ganz ... gesund bin«, sagte William.

»Manchmal bist du ganz schön blöd dafür, dass du so intelligent bist«, sagte die Tür trocken. »Im Moment kann ich dir nur sagen, dass sich große Dinge abspielen. Und gefährliche.«

Und mit einem kurzen *zapp* verstummte die Tür.

William blieb ratlos stehen. Er sah sich im Zimmer um. Plötzlich fühlte er sich dort gar nicht mehr sicher.

6

Obwohl ihm sein neues Zimmer nicht besonders gut gefiel, hatte William die ganze Nacht wie ein Stein geschlafen. Es war, als ob sein Gehirn sich einfach ausgeschaltet hätte, sowie Williams Kopf das Kissen berührte.

Jetzt stand er also vor der Tür und fragte sich, wer sie wohl so laut *KLOPF, KLOPF* rufen ließ.

Bei seinem letzten Besuch im Institut hatte er sich irgendwann daran gewöhnt, dass die Tür immer losbrüllte, wenn jemand klopfte. Aber jetzt war es schon wieder ein wenig ungewohnt.

»KLOPF ... KLOPF ... KLOPF ...«, rief die Tür. »Willst du nicht aufmachen?«

William legte die Hand auf den Türknauf, drehte ihn herum und zog die Tür auf.

»Komm schon, William ... wir müssen los«, rief Benjamin Slapperton und schaute sich nervös um.

William rührte sich nicht und starrte den dünnen Mann mit den zerzausten Haaren an. Slapperton war ebenfalls Kryptologe und dazu ein genialer Forscher. Und jetzt wirkte er womöglich noch gestresster als bei Williams letztem Besuch im Institut.

»Na los … na los«, sagte Slapperton und winkte William zu.

William begriff, dass Slapperton keine Zeit damit vergeuden würde, ihn willkommen zu heißen oder so, also zog er sich schnell die Schuhe an und trat hinaus auf den Gang. Die Tür schloss sich hinter ihm. »Schönen Tag noch«, sagte sie.

»Danke«, antwortete William.

Slapperton sprang auf eine Art schwebenden Golfwagen ohne Räder. Unter dem Wagen befand sich ein schwarzes Gummikissen und hinter den Sitzen ragte ein großer Ventilator auf.

»Wir haben keine Zeit«, rief Slapperton und klopfte auf den freien Sitz neben seinem.

Gleich darauf saß William neben Slapperton auf dem Luftkissenfahrzeug und sie sausten durch die Gänge. Ab und zu stießen sie mit dem Luftkissen gegen die Wände. William zog seinen Sicherheitsgurt fester und schaute zu Slapperton. Er freute sich über das Wiedersehen mit seinem alten Lehrer, dessen dunkle Haare im Luftzug des Ventilators wirbelten. Seine Brille hüpfte auf der Nase auf und ab und fiel fast herunter, wenn er das Lenkrad herumriss und sie in einen anderen Gang abbogen. Sie knallten erneut gegen eine Wand und sausten in noch höherem Tempo weiter. William hielt sich mit beiden Händen am Sitz fest.

»Warum haben wir es so eilig?«, rief William durch den Lärm des riesigen Ventilators.

»Schau dich mal um!«, rief Benjamin. »Das Institut hat sich in ein Irrenhaus verwandelt.«

»Weiß ich«, sagte William. »Wegen Abraham Talley.«

»Genau«, sagte Benjamin. »Man kann hier überhaupt nichts mehr machen. Ich verlasse mein Labor nur noch, wenn es absolut nötig ist.« Er trat so heftig auf die Bremse, dass William auf dem Sitz nach vorn geschleudert wurde.

Zwei Wacht-Oboter standen vor einer herabgelassenen Schranke, die ihnen den Weg versperrte. Der eine Wacht-Oboter kam auf den Wagen zugerollt und blieb auf Slappertons Seite stehen.

»Das letzte Mal ist gerade vier Minuten her«, blaffte Slapperton verärgert.

Der Wacht-Oboter gab keine Antwort und hielt etwas hoch, das wie ein Hightech-Bügeleisen aussah.

Slapperton seufzte und beugte sich vor. Der Wacht-Oboter scannte Slappertons Stirn mit dem Bügeleisen. Ein Lämpchen leuchtete grün auf.

»Darf passieren«, sagte der Wacht-Oboter.

»Was ist mit dem da?«, fragte der andere und zeigte auf William.

»Der ist mit mir zusammen. Wir haben keine Zeit für so was«, sagte Slapperton.

»Aber darf er passieren?«, fragte der Wacht-Oboter.

»Weißt du überhaupt, wer ich bin?«, fauchte Slapperton und machte sich ungeduldig am Lenkrad zu schaffen.

»Es spielt keine Rolle, wer Sie sind«, sagte der Wacht-Oboter. »Es gelten dieselben Regeln wie vor vier Minuten, als Sie hier vorbeigekommen sind. So, wie die Dinge liegen, müssen alle jedes Mal überprüft werden, ehe sie passieren dürfen.«

»Komm näher ran mit deinem Kopf«, sagte der andere

Wacht-Oboter, der neben William stehen geblieben war. Er hob das Bügeleisen.

William schaute Slapperton unsicher an, doch der nickte nur. William beugte den Kopf vor und der Wacht-Oboter scannte seine Stirn. Das Lämpchen flackerte für einen Moment weiß auf, dann schaltete es auf Grün über.

»Kann passieren«, sagte der Wacht-Oboter und nickte seinem Kollegen zu. Der drückte auf einen Knopf und die Schranke hob sich und knallte mit einem metallischen *klank* gegen die Wand.

Slapperton trat auf das Gaspedal und das Luftkissenfahrzeug schoss wieder los.

»Wieso darf ich passieren?«, fragte William.

»Du warst schon mal hier unten«, sagte Slapperton geheimnisvoll. »Wir wissen viel mehr über dich, als du glaubst.«

William verstummte. Es gefiel ihm gar nicht, dass das Institut so viel über ihn wusste.

»Hier gelten jetzt aber strenge Regeln«, sagte er schließlich.

»Ja, unglaublich. Ohne Sicherheitskontrolle darf hier niemand mehr herumlaufen. Und alle unter achtzehn müssen in Begleitung sein«, sagte Slapperton.

»Aber wie soll ich mich dann hier bewegen?«, fragte William.

Slapperton riss abermals das Lenkrad herum. Sie schlingerten um eine Ecke und jagten durch einen weiteren langen Gang. Der Luftkissenwagen streifte einen Roboter, der aussah wie ein Hydrant.

»Mit so einem«, rief Slapperton und zeigte auf den Oboter, den sie fast umgefahren hätten.

»Passt doch auf, wo ihr hinfahrt«, rief der Oboter hinter ihnen her.

»Das da war ein Dienst-Oboter. Die gibt es jetzt überall im Institut. Du brauchst nur zu winken, dann kommt er. Das ist, wie ein Taxi herbeizurufen«, erklärte Slapperton und riss das Rad herum, um in einen neuen Gang abzubiegen. »Oder du kannst einen zu deinem Zimmer bestellen, wenn du rausgehen willst. Das kann die Tür für dich erledigen.«

»Ist das so, seit Talley hier liegt?«, fragte William.

»Nein ... ich meine, JA«, sagte Slapperton und räusperte sich. »Es liegt natürlich daran, dass Talley sicher verwahrt und eingefroren in einem einbruchsicheren Tank hier unten im Keller liegt. In einem Raum mit Selbststeuerung, zu dem niemand Zugang hat. Nicht einmal Goffman oder ich. Wir dürfen den Raum nur zu zweit betreten. Nicht, dass wir da etwas zu suchen hätten ... ich meine ... er soll ja in alle Ewigkeit dort bleiben.«

Slapperton riss energisch am Lenkrad und sie schlingerten in einen weiteren Gang.

»Da wären wir!«, rief er dann, als der Luftkissenwagen neben einer roten Tür gegen die Wand knallte.

Ultrasonisches Labor stand auf der Tür.

Slapperton sprang vom Wagen und sah sich in alle Richtungen um, wie eine kleine Feldmaus, die Angst vor Habichten hat. Er gab einen Code in ein Kontrollpanel neben der Tür ein, und die Tür ließ ein kurzes *blipp* hören.

»Rein mit uns«, sagte er, winkte William zu sich und riss die Tür auf.

Im Labor schien Slapperton ein bisschen lockerer zu werden. Aber erst, nachdem er alle acht Schlösser an der Innenseite der Tür abgeschlossen und die Tür dann noch mit einer Eisenstange verriegelt hatte.

Slapperton drehte sich zu William um und sah ihn zum ersten Mal richtig an.

»Du hast dich verändert«, sagte er. »Bist gewachsen ... ungefähr drei Zentimeter, und deine Haare sind jetzt länger. Wann hast du uns eigentlich verlassen? Vor drei Monaten?«

»Vor vier Monaten und dreizehn Tagen«, brach es aus William heraus. Er hatte die Tage gezählt. »Ich dachte, ich würde früher zurückdürfen.«

»Das kann ich verstehen. Aber hier liegen derzeit eben besondere Umstände vor. Wir wollten dich erst zurückholen, wenn es unbedingt nötig wäre.«

»Und das war es jetzt?«, fragte William.

»So kann man das sagen, ja«, sagte Benjamin. »Wir haben dich im Auge behalten.«

»Mich im Auge behalten?«, fragte William misstrauisch. »Warum denn?«

»Du weißt ...« Slapperton zögerte und schaute verlegen seine Schuhe an. Er schien es schon zu bereuen, so viel gesagt zu haben. »Um aufzupassen und überhaupt.«

»Aufzupassen?«, wiederholte William.

»Jepp«, sagte Slapperton.

»Worauf denn aufzupassen?«

»Auf dich natürlich«, sagte Slapperton und lächelte ein wenig scherzhaft. »Und auf deinen Vater.«

»Auf meinen Vater«, wiederholte William verständnislos. »Warum muss auf den denn aufgepasst werden?«

»Ach, aus keinem besonderen Grund ... Wir behalten Leute eben gern im Auge«, sagte Slapperton und machte sich an einem Apparat zu schaffen, der neben ihm stand. »Wir haben ihm das Exoskelett geschickt.«

»Weiß ich«, sagte William. »Aber warum?«

»Eigentlich aus purer Nettigkeit. Und er scheint das Ding ja langsam in den Griff zu kriegen«, sagte Slapperton.

Er sah William eine Weile an, dann klatschte er plötzlich in die Hände. »Ans Werk!« Er bewegte sich zwischen den vielen Instrumenten durch den Raum. »Aber zuerst muss ich dir etwas zeigen. Komm mit.«

Slapperton ging mit ihm zu einem dicken Panzerfenster, das mitten in einer soliden Stahlwand angebracht war.

William trat neben ihn und schaute hindurch.

»Siehst du, was das ist?«, fragte Slapperton.

»Ja«, antwortete William. »Eine Kakerlake.«

Dort, hinter dem Fenster, war eine mittelgroße Kakerlake. Sie bewegte die Fühler und kam dichter an das Fenster heran, als ob sie die beiden bemerkt hätte.

»Wir haben sie unter dem Bunker in London gefunden«, sagte Slapperton. »Du weißt ja, dass der Bunker von Wasser aus der Themse überschwemmt worden ist. Wir haben die Umgebung mit U-Booten abgesucht und dort unten ein großes Netzwerk aus Gängen gefunden.«

William schauderte es beim Gedanken daran, was in dem Bunker tief unter den Straßen von London geschehen war. Es war erst vier Monate her, kam ihm aber vor wie eine Ewigkeit. Er hatte versucht, nicht zu viel daran zu denken, aber jetzt war alles wieder da. Die endlosen dunklen Tunnel. Das große Tor, das nur mit einem Code geöffnet werden konnte. Die große Halle mit U-Booten und militärischer Ausrüstung. Und die kryogenischen Behälter, in denen er Abraham Talley gefunden hatte. Den Abraham Talley, der jetzt eingefroren im Keller des Instituts lag und der versucht hatte, William umzubringen, um das Luridium aus dessen Körper an sich zu reißen.

»Wir haben sie in einer Luftblase gefunden«, sagte Slapperton und nickte zu der Kakerlake hinüber. »Rein routinemäßig haben wir sie mitgenommen, um sie zu untersuchen. Das machen wir mit allem, was wir da unten finden, und …« Er unterbrach sich und starrte die Kakerlake nachdenklich an.

»Und?«, fragte William. Er wurde jetzt langsam nervös.

»Du und die Kakerlake, ihr sitzt gewissermaßen im selben Boot«, sagte Slapperton endlich.

»Wieso das denn?«, fragte William.

»Weil ihr das Gleiche in euch tragt.«

William starrte Slapperton an. »Meinen Sie das Luridium?«, rief er.

»Die Kakerlake hat nicht so viel davon. Aber sie ist ja auch nicht so groß. Du hast neunundvierzig Prozent Luridium in dir. Die Kakerlake hat nur siebenunddreißig. Sie muss da unten irgendwo einen kleinen Klumpen gefunden haben.«

Benjamin schaute die Kakerlake an, die jetzt noch näher gekommen war.

»Gibt es da unten noch mehr?«, fragte William und sah Slapperton an.

»Nein, das glaube ich nicht«, sagte Benjamin. »Wir haben jeden einzelnen Winkel abgesucht. Ohne irgendetwas zu finden.«

»Aber was machen Sie jetzt mit ihr?«, fragte William. Er beugte sich ein wenig zum Glas vor, um die Kakerlake besser sehen zu können.

»Es war doch eine fantastische Möglichkeit, ein lebendiges Wesen mit Luridium im Leib zu untersuchen und Experimente mit ihm durchzuführen«, sagte nun Slapperton. »Und das ging auch wunderbar, bis vor zwei Tagen.«

»Was ist dann passiert?«, fragte William.

»Das weißt du doch wohl noch?«, fragte Slapperton.

William musste überlegen. Dann ging es ihm auf.

»Mein Anfall?«

»Genau ... dein Anfall«, erwiderte Slapperton.

»Ihr habt beide Luridium im Körper ... und ihr hattet beide einen Anfall ... gleichzeitig.«

Er sprach jetzt schneller.

»Sie hat sich seltsam verhalten. Fing an zu zittern. Und ihre Körpertemperatur sackte ganz plötzlich ab.«

Er sah William an, gespannt auf dessen Reaktion.

»Also ...«, fügte er dann hinzu, verstummte aber wieder, als falle es ihm schwer, zu sagen, was er zu sagen hatte.

»Was denn?«, fragte William ungeduldig. Er hatte das Gefühl, dass sie jetzt eher über ihn sprachen als über die Kakerlake.

»Sie hat mein halbes Labor verwüstet«, sagte Benjamin. »Hier. Siehst du das da?« Er zeigte auf mehrere tiefe Rillen in der Betonwand.

William nickte.

»Das war sie. Hat versucht sich durch die Mauer zu fressen.« Slapperton schüttelte sich angeekelt.

»Aber warum hatten wir gleichzeitig einen Anfall?«, fragte William. »Das muss doch etwas mit dem Luridium zu tun haben?«

»Ja«, antwortete Slapperton. »Es hat etwas mit dem Luridium zu tun, aber wir wissen nicht, was, oder vielmehr ... wir wissen, was den Anfall ausgelöst hat, aber nicht, woher es gekommen ist.«

William schaute Slapperton an. »Sie wissen, was den Anfall ausgelöst hat?«

»Ja«, Slapperton nickte. »Ein Instrument im Labor hat es angezeigt. Ein Instrument, das Schallwellen auf Hochfrequenz misst ... schau mal.«

Er drückte auf zwei Knöpfe an einem Schaltpult neben dem Panzerglas. Plötzlich fing die Kakerlake an zu vibrieren, dann warf sie sich gegen das Fenster.

William wich zurück.

»Keine Panik«, sagte Slapperton. »Dir passiert das nicht.«

William blieb stehen und starrte das Insekt an, das sich gegen das Glas warf, wie um es zu zerschlagen. Dann machte es einen Salto rückwärts und traf die Wand, um danach wild im

Kreis herumzujagen. Ab und zu knallte es gegen die Wand, als ob es versuchte, sich hindurch zu bohren.

Slapperton drückte auf einen weiteren Knopf an dem Schaltpult und die Vibrationen hörten auf. Die Kakerlake lag einige Sekunden lang wie leblos da, dann kam sie wieder auf die Beine. Sie schüttelte sich kurz und blieb dann stehen, anscheinend unversehrt.

»Was haben Sie da gemacht?«, fragte William, ohne die Kakerlake aus den Augen zu lassen.

»Das waren Hochfrequenzschallwellen«, sagte Slapperton. »Und zwar genau die Frequenz, die die Anfälle bei dir und der Kakerlake ausgelöst haben.«

»Aber warum habe ich jetzt nicht reagiert?«, fragte William.

»Schalldichtes Panzerglas«, sagte Slapperton und klopfte an das Glas. Dann drehte er sich zu William um. »Okay, und jetzt du.«

»Und jetzt ich?«, rief William entsetzt.

7

»Setz dich da hin«, sagte Slapperton und zeigte auf einen Sessel mitten im Raum.

William zögerte. Der Sessel sah aus wie ein Zahnarztstuhl mit Metallarmen und allerlei Instrumenten am Ende.

»Na los«, befahl Slapperton.

William ging widerwillig zu dem Sessel hinüber. Er hatte keine Lust, sich zu setzen. Er hatte Zahnärzte noch nie leiden können. Und nach dem, was eben mit der Kakerlake passiert war, hatte er auch keine Lust auf Schallwellen.

Er schaute hoch zu einer Art Laserkanone, die über dem Sessel an der Decke angebracht war.

»Was ist das da?«, fragte er und zeigte darauf.

»Keine Panik«, sagte Slapperton und lächelte. »Das ist nicht so gefährlich, wie es aussieht. Ich habe es Partikeldefragmentierungsregulator genannt.«

»Aber wozu dient der?«, fragte William. »Er macht doch wohl nicht dasselbe mit mir wie mit der Kakerlake?«

»Irgendwie schon ... ich werde dich mit Hochfrequenzschallwellen beschießen«, sagte Slapperton mit größter Selbstverständlichkeit und fing an, sich an der Laserkanone zu schaffen zu machen.

»Aber warum?«, fragte William. »Ich will nicht noch einen Anfall bekommen.«

Slapperton ließ die Kanone los und sah William an, als ob der soeben unbeschreiblichen Blödsinn geredet hätte.

»Natürlich muss ich einen Anfall hervorrufen, um genau zu untersuchen, was ihn verursacht hat«, sagte er. »Ohne Experimente kommt man nicht weiter.«

William gefiel das überhaupt nicht.

Slapperton schien nicht zu begreifen, dass William Angst hatte, denn er lächelte und klopfte ihm auf den Rücken.

»William, diese Anfälle ...« Das Lächeln verschwand aus Slappertons Gesicht. »Es ist nicht nur so, dass sie schlimm für dich sind. Du hast ja gesehen, wozu die Kakerlake imstande war, und du hast es sicher auch selbst gespürt. Wenn du die Kontrolle über dich verlierst ... dann bist du für alle in deiner Umgebung eine Gefahr.«

William schluckte.

Konnte er wirklich gefährlich sein? Und anderen schaden?

Er setzte sich in den Sessel und schaute zu der Laserkanone hoch, die genau auf ihn zeigte. Slapperton drückte auf einige Knöpfe an einem Schaltpult und die Kanone fing an zu brummen.

»Kannst du deine Arme hierhin legen?«, fragte Slapperton und zeigte auf die Armlehnen des Sessels. »Ich muss dich anschnallen ... zu deiner eigenen Sicherheit.« Slapperton rang sich ein Lächeln ab.

»Das wird sehr gut gehen. Ich habe es schon oft ausprobiert ... mit Ratten ... und es ging immer sehr ... problemlos.

Ich fange ganz schwach an und steigere die Stärke dann nach und nach vorsichtig.«

Slapperton drückte auf einen Knopf neben dem Sessel und der Sesselrücken fing an, ein wenig zu vibrieren.

»Bist du bereit?«

William nickte. »Ich bin bereit.«

Slapperton holte ein Paar Kopfhörer und setzte sie William auf, dann sprang er hinter einen Schirm von der Sorte, wie sie bei Röntgenaufnahmen benutzt wird. Danach setzte er eine dunkle Schweißerbrille, Helm und Gehörschutz auf.

Nicht gefährlich?, dachte William. Kein Grund zur Besorgnis? Slapperton sah aus, als wollte er eine Atombombe hochgehen lassen.

Slapperton zog an einem Hebel, und die Schallkanone über Williams Kopf dröhnte los. William packte die Armlehnen und kniff die Augen zu.

Jetzt war alles möglich.

Zuerst merkte er nichts. Er hörte nur das laute Dröhnen der Kanone über ihm. Er wusste jetzt, warum er den Gehörschutz brauchte. Ohne wäre er sicher schon taub. Dann spürte er, wie die Vibrationen durch seinen Körper wogten. Er hatte fast das Gefühl, sich aufzulösen.

Seine Stirn fing an zu prickeln. Sein ganzes Rückgrat vibrierte, und William öffnete die Augen und sah Slapperton an. Er fuhr zusammen, als er sah, dass alles um ihn herum jetzt in grünes Licht getaucht war.

»Was ist hier los?«, rief er.

Aber Slapperton schien ihn nicht gehört zu haben. Er war

viel zu sehr damit beschäftigt, mit einer Hand am Schaltpult herumzufummeln und mit der anderen Notizen auf einem Block zu machen.

Dann hatte William plötzlich das Gefühl, vom Sessel abzuheben. Eine unsichtbare Kraft zog ihn nach oben. Ohne die Riemen um seine Arme und Beine würde er jetzt sicher in der Luft schweben. Ein heftiges Prickeln breitete sich in seinem ganzen Körper aus und ihm sträubten sich die Haare. Er schaute sich erschrocken um und entdeckte sein Spiegelbild in einem großen Glaskasten hinten bei der gegenüberliegenden Wand. Seine Haare standen vom Kopf ab, wie die Stacheln eines Igels.

Er öffnete den Mund, um Slapperton zu rufen, brachte aber keinen Ton heraus. Er hatte offenbar die Kontrolle über seinen Körper verloren.

Und dann spürte er es plötzlich.

Die Schwingungen in seinem Rücken. Die Kälte, die sich durch seinen Körper und bis in seine Finger ausbreitete, so wie bei seinen anderen Anfällen. Ein heftiger Ruck durchfuhr ihn.

Gleich darauf war alles in weißes Licht getaucht.

Es sah aus wie Schnee. Er hatte das Gefühl, hoch oben in der Luft zu schweben, mitten in einem heftigen Schneegestöber.

Er entdeckte etwas, tief unter sich.

Eine lange Gebirgskette.

Er erkannte sie gleich. Hatte sie auf Bildern schon gesehen. Das war doch der Himalaya?

Plötzlich stürzte er in hohem Tempo auf einen der Berge zu, wäre fast auf dem höchsten Gipfel aufgeschlagen. Doch ehe er auf die Felswand auftraf, stieß er einen lauten Schrei aus.

Aber nichts geschah.

Als er die Augen wieder öffnete, schien er sich in einer großen Halle mit hohen glatten Wänden mitten im Berg zu befinden.

Mitten in der Halle schwebte eine große runde Kugel. Sie sah aus wie ein gigantischer Orbis.

William entdeckte eine Gestalt, die gleich danebenstand. Er konnte nicht erkennen, ob es ein Mann oder eine Frau war. Die Gestalt stand nur da und starrte ihn an.

Er kämpfte mit der Panik.

Etwas an dieser Gestalt jagte William schreckliche Angst ein. Als wüsste er, dass sie ihm nichts Gutes wollte. Er wollte nur noch weg von hier.

Dann schien alles wieder in grünem Licht zu explodieren, und er saß wieder im Sessel.

William schaute sich ängstlich um. Slappertons Kopf ragte hinter dem Schutzschirm auf. Er riss sich die Schutzgeräte runter und stürzte zu William hinüber.

»Still sitzen«, befahl er und schaute William mit einem kleinen Leuchtrohr ins Ohr. »Mund auf!« William machte den Mund auf und Slapperton leuchtete ihm mit einer Taschenlampe in den Rachen.

»Sieht normal aus«, murmelte Slapperton und machte eine Notiz auf seinem Block. »Wie fühlst du dich?«

William überlegte. Er fühlte sich jetzt wieder ziemlich normal. Ein bisschen zittrig vielleicht.

»Was ist passiert?«, fragte er.

Slapperton befreite jetzt Williams Arme und Beine von den Riemen.

»Das weißt eigentlich nur du. Wenn etwas passiert ist, dann in deinem Kopf«, sagte Slapperton. »Hast du etwas gesehen?«

»Ich habe ein grünes Licht gesehen«, sagte William. »Und dann war ich hoch oben in der Luft.«

»Ja ...? Ja ...?«, rief Slapperton eifrig. »Und?«

»Ich habe Berge gesehen.«

»Berge?«, wiederholte Slapperton und richtete sich auf.

Er starrte William an, als ob er ihm nicht so ganz glaubte. »Was für Berge?«

»Hohe Berge. Vielleicht in Nepal ... oder im Himalaya«, antwortete William und schaute Slapperton an, der ein vollkommen entsetztes Gesicht machte.

»Im Himalaya? Bist du sicher?«, fragte er mit zitternder Stimme.

»Ziemlich sicher«, sagte William.

»Hast du noch mehr gesehen?« Slapperton beugte sich über ihn.

»Ich habe einen großen Raum tief unten in den Bergen gesehen ...«

»Ja ...?«

»Und eine Art schwebende Kugel ... wie ein großer Orbis.«

Slapperton starrte William an und kratzte sich dabei so heftig an der Stirn, dass seine Haut ganz rot wurde.

»Ist das nicht gut?«, fragte William.

»Nein … das ist nicht gut«, erwiderte Slapperton. »Das ist überhaupt nicht gut.«

8

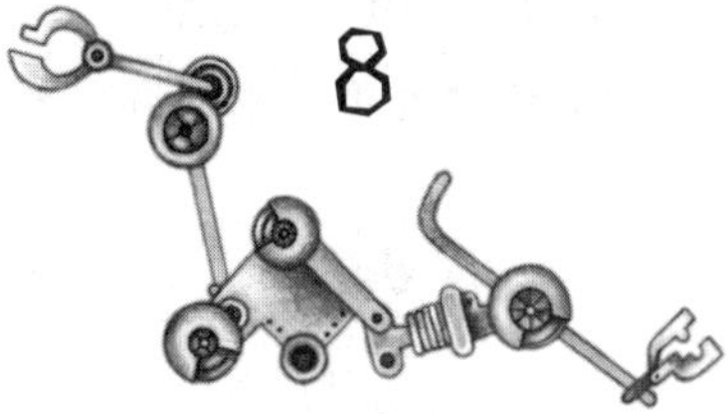

»Gleich kommt ein Dienst-Oboter und bringt dich zurück auf dein Zimmer. Wir machen dann morgen mit den Experimenten weiter«, sagte Slapperton und trat auf das Gaspedal.

Das Luftkissenauto schoss davon.

William stand allein da und sah hinter Slapperton her, bis das Auto am Ende des Ganges um die Ecke verschwand.

Er schaute seine Hände an. Drehte sie und musterte sie aus unterschiedlichen Winkeln. Es gefiel ihm nicht, dass er etwas in sich trug, worauf er sich nicht verlassen konnte.

Er hatte sich gerade an den Gedanken gewöhnt, dass er intelligentes Metall im Körper hatte. Wenn sein Großvater ihm das damals nach dem Autounfall nicht ins Rückenmark gespritzt hätte, wäre William jetzt nicht mehr am Leben. Es gab ihm ein Gefühl der Sicherheit, zu wissen, dass das Metall dort war. Dass es auf ihn aufpasste.

Aber jetzt, da Slapperton ihm bewiesen hatte, dass das Luridium selbst die Anfälle hervorrief und dass er zu einer Gefahr für andere geworden war, blieb ihm nur das Gefühl, dass das Luridium zu einer Art Feind geworden war. Ein Feind, den er nicht loswerden könnte. Er hoffte sehr, dass Slapperton herausfinden würde, wodurch die Anfälle ausgelöst wurden.

Plötzlich hörte William ein Summen. Er schaute auf und entdeckte einen roten Dienst-Oboter, der in hohem Tempo auf ihn zukam.

»Du willst zurück zu deinem Zimmer?«, fragte der Dienst-Oboter.

»Ja«, sagte William und nickte.

»Wir müssen uns beeilen«, sagte der Dienst-Oboter und wurde schneller. »Ich muss in vier Minuten und achtunddreißig Sekunden schon den Nächsten abholen.«

William rannte hinter dem gestressten Dienst-Oboter her.

»Warum diese Eile?«, fragte William atemlos, als er ihn eingeholt hatte.

»Hörst du nicht zu?«, fragte der Dienst-Oboter leicht verärgert. »Ich hab doch gesagt, dass ich gleich schon den Nächsten abholen muss.«

»Ich finde den Weg bestimmt auch allein«, sagte William und schaute sich um. Aber die Umgebung kam ihm eigentlich nicht besonders bekannt vor.

»Du weißt, dass es im Augenblick für alle unter achtzehn streng verboten ist, im Institut allein unterwegs zu sein«, sagte der Dienst-Oboter und wurde noch schneller.

»Ja, ich weiß«, sagte William und rannte weiter hinterher. Er hatte nicht damit gerechnet, nach seiner Rückkehr ins Institut so viel rennen zu müssen.

»Vor allem, seit vor zwei Tagen das Sicherheitsniveau noch mal hochgestuft worden ist«, fügte der Dienst-Oboter hinzu.

»Vor zwei Tagen?«, fragte William verwirrt. »Ich dachte, es

sei hochgestuft worden, als Abraham Talley hergebracht worden ist. Und das ist doch mehr als vier Monate her.«

»Ich weiß, wann er gekommen ist«, sagt der Dienst-Oboter irritiert. »Was ich dir zu erzählen versuche, ist, dass es vor zwei Tagen auf Niveau fünf hochgestuft wurde.«

»Warum denn?«, fragte William. Er war jetzt ganz schön außer Atem.

»Weiß nicht«, sagte der Dienst-Oboter. »Uns ist nur befohlen worden, die Augen offen zu halten und auf alles zu achten, was nicht hierhergehört.«

»Was soll das sein?«, fragte William.

»Jetzt haben wir kaum noch Zeit«, sagte der Dienst-Oboter eilig. »Wir sollten eine Abkürzung nehmen.« Er schien keine Lust zu haben, noch weiter über die Sicherheitsbestimmungen zu reden.

»Aber ...«, protestierte William.

Der Dienst-Oboter bog in einen schmaleren Gang ab und steuerte die an dessen Ende gelegene Treppe an. William wetzte hinterher.

»Ich laufe sonst nicht hier lang. Aber so geht es achtunddreißig Sekunden schneller als auf dem anderen Weg«, sagte der Dienst-Oboter, der jetzt ein so hohes Tempo vorlegte, dass er nicht mehr anhalten konnte, als er die Treppe erreicht hatte, und hinunterstürzte.

William blieb abrupt stehen und sah zu, wie der Dienst-Oboter wie eine leere Blechbüchse die Treppe hinunterpurzelte. Zerstörte Elektronik knisterte, und eine dünne Rauchsäule stieg durch ein kleines Loch im metallenen Hinterkopf auf.

»Ich habe der Zentrale schon Bescheid gesagt«, stammelte der Dienst-Oboter. »Ich werde hier abgeholt, aber das kann eine Weile dauern. Du musst ohne mich weitergehen und dem ersten Dienst-Oboter winken, dem du begegnest. Sag einfach, dass es sich um einen Notfall handelt.«

»Und was ist mit dir?«, fragte William.

»Mach dir keine Sorgen um mich«, sagte der Dienst-Oboter, dann brachte ein heftiger Hustenanfall ihn zum Verstummen. Rauch und Funken stoben aus seinem Mund auf.

William blieb stehen und fragte sich, was er tun sollte.

»Das Wichtigste ist, dass du dich in Sicherheit bringst«, sagte der Dienst-Oboter, als der Husten sich gelegt hatte. »Geh einfach weiter geradeaus und dann nach links, bis zum nächsten ...« In seinem Metallschädel war eine kleine Explosion zu hören. »Pfanne ... kuchen ...«

»Pfannekuchen?«, fragte William.

»Nein, danke«, sagte der Dienst-Oboter. »Ich habe keinen Hunger ... fühle mich seltsam ... den Gang entlang, dann nach links und dann die Treppe hinunter ins nächste Kellergeschoss ... dann nimmst du die erste Unterhose, die du siehst ... ich meine, den ersten Fahrstuhl.« Ein lautes *poff* ließ ihn schließlich ganz verstummen. Aus seinem Hinterkopf stoben Funken und alle Lämpchen erloschen.

William richtete sich auf.

Zuerst starrte er den leblosen Dienst-Oboter an, der am Fuße der Treppe lag. Dann begriff er, dass er keine Wahl hatte. Er musste allein weitergehen.

Kurz danach lief William durch einen langen, einsamen

Kellergang. Ihm wurde klar, dass der Dienst-Oboter ihm einen falschen Weg genannt haben musste. Denn er hatte sich nur noch tiefer ins Kellerlabyrinth verirrt. Er blieb stehen und sah sich um. Die Beleuchtung hier war spärlich und er konnte kaum sehen, was sich am Ende des Ganges befand. Sollte er kehrtmachen und dahin zurücklaufen, woher er gekommen war? Versuchen, Slappertons Labor wiederzufinden? Aber dort war ja niemand mehr. Da konnte er auch weiter geradeaus gehen.

Er hatte keine große Lust, länger hier unten zu bleiben als unbedingt nötig. Nicht nach dem, was der Dienst-Oboter gesagt hatte: dass man sich vor allem hüten müsse, was nicht hierhergehörte. William ertappte sich bei dem Wunsch, Iscia wäre hier bei ihm. Er ging mit raschen Schritten durch den Gang, und das Geräusch seiner Schuhe auf dem Boden wurde als Echo zu ihm zurückgeworfen.

»William?«, sagte auf einmal gleich hinter ihm eine heisere Stimme.

William fuhr zusammen.

Er wusste ziemlich genau, wo er diese Stimme schon einmal gehört hatte.

9

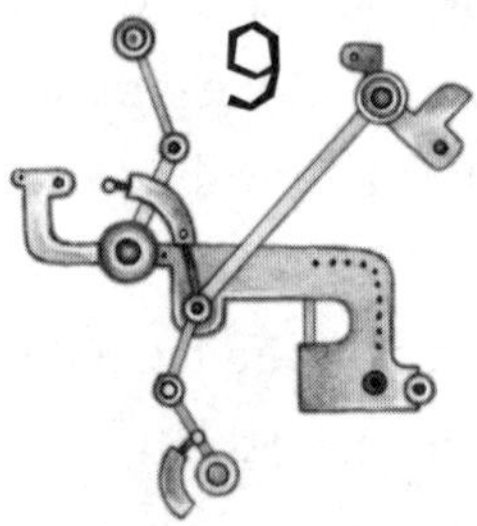

William drehte sich um und sah eine dunkle Gestalt.

War es dieselbe Gestalt, die ihn zu Hause in Norwegen vor der Schule angesprochen hatte? Dieselbe Gestalt, auf die sein Großvater mit dem Passivator geschossen hatte? Es war schwer, das in dem dunklen Gang zu erkennen. Die Gestalt schien am ganzen Leib zu vibrieren, und er bekam Kopfschmerzen davon, sie anzusehen.

William merkte, dass ihm schwindlig wurde.

»Wer sind Sie?«, stammelte er und wich an die Wand zurück.

»Bist du allein?«, fragte die Gestalt.

William gab keine Antwort.

»Du weißt doch, dass du nicht allein im Institut herumlaufen darfst?«, sagte die heisere Stimme jetzt.

»Ja«, sagte William und nickte. »Ich versuche zu meinem Zimmer zurückzufinden.«

»Vielleicht kann ich dir helfen«, sagte die Gestalt.

»Arbeiten Sie hier?«, fragte William, auch wenn er sich ziemlich sicher war, dass das nicht der Fall war.

»Irgendwie schon«, antwortete die Gestalt.

»Und was machen Sie hier?«, fragte William.

»Auf Abraham Talley aufpassen«, sagte die Gestalt.

William erstarrte. Mit diesem Namen hatte er nicht gerechnet. Er schaute sich um.

»Liegt er hier unten?«, fragte er.

Die Gestalt gab keine Antwort, sondern sah ihn nur an. Es war unmöglich, durch die dunkle Sonnenbrille ihre Augen zu erkennen.

William hoffte, dass bald jemand vorbeikommen würde. Ein Wacht-Oboter, ein Staubsauger ... egal, was. Er fühlte sich total handlungsunfähig. Aber er musste weg hier.

»Ich muss weiter«, sagte er schnell und wollte loslaufen.

»Warte«, sagte die Gestalt.

William blieb stehen.

Die unbekannte Gestalt schob die behandschuhte Hand in die Tasche, zog eine Metallkarte heraus und reichte sie ihm.

William zögerte. »Was ist das da?«

»Eine Schlüsselkarte«, antwortete die Gestalt und trat einen Schritt auf ihn zu. »Nimm sie!«

William wagte keinen Widerspruch. Die Karte war kalt und sehr leicht.

»Danke«, sagte er und setzte sich in Bewegung. Er konnte hier gar nicht schnell genug wegkommen.

Er ging schneller und schneller und dann lief er los. Nach einer Weile sah er sich um. Er war jetzt allein in dem Gang. Trotzdem hatte er das Gefühl, dass jemand ihn beobachtete. In ihm stieg Panik auf. Er wollte nur noch sein Zimmer erreichen.

Er bog um eine Ecke und blieb stehen.

Er hatte einen weiteren Gang erreicht. Dieser war kürzer als der vorige und an seinem Ende gab es eine weiße Tür ohne Aufschrift.

Endlich. Ein Ausgang?

Bald stand er vor der Tür. Er hob die Schlüsselkarte und hielt sie vor den Scanner an der Wand. Das Kontrolllämpchen blinkte zweimal weiß auf, dann sprang es auf Grün über. Ein leises Klicken war zu hören und die Tür öffnete sich.

William schaute sich um, aber er war noch immer allein. Er wollte nicht noch einmal auf diese seltsame Gestalt treffen. Er schlüpfte durch die Tür und sie glitt hinter ihm zu.

William sah sich um.

Er befand sich in einem riesengroßen Raum.

Die Wände waren mit etwas bedeckt, das aussah wie Alufolie. Mitten im Zimmer stand ein Glaskasten, der so groß war wie ein kleines Haus. Der untere Teil dieses Glashauses befand sich hinter einem Vorhang.

Unter der Decke hing eine weiße Laserkanone. Die Mündung zeigte auf den Glaskasten. Die Kanone ähnelte der, die Slapperton während des Experimentes mit William benutzt hatte, nur dass diese hier viel größer war. Mindestens so groß wie ein Bus.

Ein lähmender Gedanke tauchte plötzlich in Williams Kopf auf.

Was, wenn er sich in der kryogenischen Kammer befand, in der der eingefrorene Abraham Talley aufbewahrt wurde? William erstarrte. Er hatte das scheußliche Gefühl, dass er hier wirklich nichts zu suchen hatte.

Er musste machen, dass er wegkam.

Er fuhr herum und versuchte, die Tür zu öffnen, aber die war verschlossen. Er rüttelte an der Klinke, aber das half nichts. Dann zog er die Schlüsselkarte wieder hervor, fand aber keinen Scanner, um sie zu benutzen.

Er fuhr zusammen, als er hinter sich ein Geräusch hörte: *Puff … puff … puff,* machte es. Es klang wie eine kleine Lokomotive. Er drehte sich um und begriff, dass das Geräusch hinter dem Vorhang hervorkam.

Dann verstummte es und alles war wieder still.

»Hallo?«, fragte William vorsichtig, erhielt aber keine Antwort.

Was sollte er tun?

Die Tür hinter ihm war abgeschlossen. Ihm blieb nichts anderes übrig, er musste hinter dem Vorhang nachsehen. Vielleicht gab es dort einen Ausgang.

William ging los, mit kleineren Schritten als sonst. Er wollte eigentlich gar nicht wissen, was sich hinter dem Vorhang verbarg. Aber der Wunsch, hier wegzukommen, war größer als die Angst davor, was ihn dort erwartete.

Er musste weitergehen.

William schaute hoch zu dem Glaskasten, der über ihm aufragte. Als er nur noch zwei Meter entfernt war, setzte das Geräusch wieder ein. *Puff … puff … puff …*

Er blieb vor einem schmalen Spalt im Vorhang stehen und lauschte auf das rhythmische Geräusch. Wenn es doch nur eine Modelleisenbahn wäre, die sich dahinter versteckt, dachte er.

Besser, es gleich hinter sich zu bringen. Er packte den dicken Stoff und riss den Vorhang beiseite.

Nichts hätte ihn darauf vorbereiten können, was er dort sah.

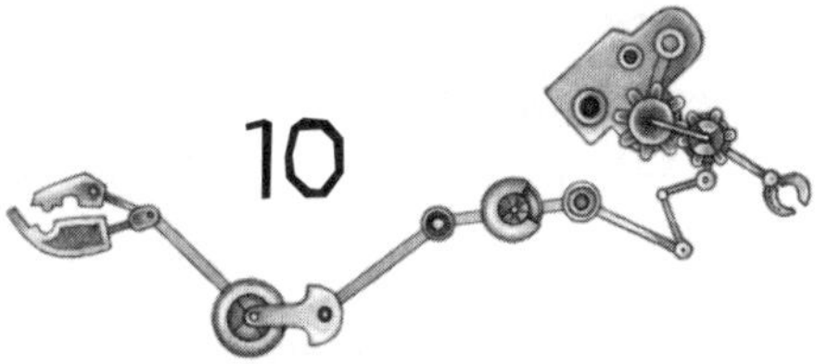

10

William hatte in seinem ganzen Leben noch nichts Vergleichbares gesehen.

Auf der anderen Seite der Glaswand saß ein älterer Mann mit Bart und grauen Haaren. Er hatte die Augen geschlossen und eine Sauerstoffmaske bedeckte Mund und Nase. Ein Kabel führte von der Maske zu einem Beatmungsgerät. *Puff … puff … puff,* machte die Maschine, während sie frischen Sauerstoff in die Lunge des Mannes pumpte.

Der Mann trug ein Jackett, dessen einer Ärmel abgeschnitten worden war, weshalb er nun einen nackten Arm hatte. Von diesem Arm führte ein Schlauch in einen Beutel mit einer klaren Flüssigkeit, so einen, wie ihn Patienten im Krankenhaus oft mit sich herumschleppen. William ließ seinen Blick an dem Mann hinunterwandern und hielt dort inne, wo Bauch und Beine hätten sein müssen.

Und jetzt wurde die Sache wirklich seltsam.

Der Mann ragte aus einem viereckigen Stein hervor. Der Stein hatte die Größe eines Autos, und alle Seiten waren zu glatten Flächen zurechtgehauen. Es sah aus, als sei der Stein mit dem Laser aus irgendeiner größeren Struktur herausgeschnitten worden.

William starrte den Mann an, dessen einer Arm im Stein verschwand, als habe er ihn hineingesteckt, ehe der Stein erstarrt war.

William trat näher und blieb vor der Glaswand stehen. Er lehnte die Stirn an das Glas, um besser sehen zu können. Der Brustkasten des Mannes hob und senkte sich im Takt der *Puff*-Geräusche, die das Atemgerät ausstieß.

Der Mann lebte also noch. William klopfte vorsichtig an die dicke Glasscheibe.

Der Mann zeigte keine Reaktion.

William entdeckte ein Namensschild, das an der Jacke des Mannes befestigt war, aber er war zu weit weg, um die Aufschrift lesen zu können. Er entdeckte eine Tür an einer Seite des großen Glaskastens, ging hinüber, legte die Hand auf die Klinke und drückte sie hinunter. Die Tür öffnete sich mit einem *knepp*.

Im Glaskasten war es viel wärmer als draußen. William blieb stehen und sah den alten Mann an.

»Hallo?«, fragte er vorsichtig.

Aber der Mann reagierte immer noch nicht.

Langsam trat William näher. Der alte Mann schien noch immer nicht aufwachen zu wollen. Jetzt konnte William lesen, was auf dem Namensschild stand. *Pontus Dippel, Chefkurator* stand dort.

Chefkurator, dachte William.

Der Name des Mannes sagte ihm nichts, aber er wusste, was ein Kurator war.

Er war für die Ausstellungen eines Museums verantwortlich. William musterte das runzlige Gesicht des alten Mannes, beugte sich vorsichtig vor und berührte seine Hand. Die war warm. Er schaute zu der großen weißen Laserkanone hoch, die genau auf sie herabzeigte. William gefiel dieser Anblick nicht. Vielleicht war der alte Mann mit der Kanone überhaupt erst in den Steinbrocken eingeschmolzen worden. William bekam eine Gänsehaut.

Plötzlich riss der Mann die Augen auf und brüllte aus voller Kehle: »SIE KOMMT ... SIE KOMMT!«

William wich an die Glaswand zurück. Er blieb stehen und starrte den alten Mann erschrocken an, während der sich wand und versuchte sich aus dem Stein zu befreien.

William geriet endgültig in Panik.

Er rannte zurück zu der Glastür und dann wieder durch den riesigen Raum. Er konnte den alten Mann immer noch rufen hören. Aber er konnte nicht hören, was er rief.

William blieb vor der Tür stehen, durch die er hereingekommen war, und hämmerte mit beiden Fäusten aus aller Kraft dagegen.

Mit einem kurzen *blipp* glitt die Tür auf, und William wollte schon weiterlaufen, als er einen Sicherheits-Oboter entdeckte, der gleich vor ihm stand. Der Oboter hielt einen Passivator in der Hand.

Ehe William etwas sagen konnte, wurde er von einem blauen Strahl getroffen und ging zu Boden.

11

William saß in einem riesigen Ledersessel.

Die Sonne stand tief am Himmel und schien durch ein großes Fenster. William sah die Silhouette eines hochgewachsenen Mannes mit einem Stock, der mit dem Rücken zu ihm vor dem Fenster stand.

William schaute sich um. Er war umgeben von Bücherregalen voller alter Bücher. Vor ihm stand ein gewaltiger Mahagoni-Schreibtisch. Er war schon einmal hier gewesen.

Der Mann drehte sich zu ihm um.

»Wie fühlst du dich?«, fragte eine Stimme, die William sofort erkannte.

»Ein bisschen zittrig«, antwortete er und sah Fritz Goffman an, der jetzt auf ihn zukam.

Fritz Goffman war der Leiter des Instituts, und zusammen mit anderen hatte er vier Monate zuvor William tief unter Londons Straßen vor Abraham Talley gerettet.

»Es ist normal, nach einer Passivierung erst mal zittrig zu sein«, sagte Goffman und blieb vor William stehen.

William schaute an Goffmans hoher Gestalt nach oben. Goffmans lange Arme hingen an dem dünnen Leib nach unten. Die Sonne brachte den schwarzen Anzug zum Glänzen.

Goffman schob einen Ärmel hoch und sah auf eine große schwarze Armbanduhr, die sein sehniges Handgelenk umschloss.

Obwohl William Fritz Goffman erst vor vier Monaten zuletzt gesehen hatte, kam es ihm sehr viel länger vor. Er wusste, dass er es Goffman zu verdanken hatte, dass er noch am Leben war. Ohne Goffman hätte Abraham Talley ihm dort in dem Bunker unter London alles Luridium aus dem Leib saugen können.

»Das Institut hat dir viel zu verdanken, William«, begann Goffman und räusperte sich. »Aber das heißt nicht, dass du hier einfach herumstromern kannst, wie du willst. Vor allem nicht unter den derzeitigen Umständen.«

William schluckte. Es war leicht zu sehen, dass Goffman unzufrieden mit ihm war.

»Das wollte ich nicht«, sagte William. »Der Dienst-Oboter ist eine Treppe hinuntergefallen und ...«

»Das weiß ich alles«, sagte Goffman und fuchtelte mit seinen langen Fingern herum.

»Da unten war ein Mann ...«, begann William, aber Goffman unterbrach ihn schon wieder.

»Hast du Durst?«, fragte er und zeigte auf etwas hinter William.

William drehte sich um und entdeckte die beiden rothaarigen Chauffeure. Der eine ging zu einem kleinen Tisch mit Getränken und reichte William ein Glas mit orangem Inhalt.

»Trink das«, befahl Goffman.

William musterte das orange Getränk skeptisch.

»Keine Panik. Das ist Marssaft«, sagte Goffman. »Eine neue Sorte. Das wird dich wieder zu Kräften bringen.«

William trank einen Schluck von dem Marssaft, der ganz plötzlich blau geworden war. Es schmeckte himmlisch. Und noch in seinem Mund schien der Saft seinen Geschmack zu ändern. Er wechselte von Orange zu Erdbeere und danach zu Vanille. William schluckte und schaute zu Goffman hoch.

»Da unten war ein Mann«, sagte er noch einmal. »Der saß in einem Stein fest.«

Goffmans Gesicht wurde ernst. Er räusperte sich und griff unsicher nach seinem Stock.

»William«, setzte er an und lehnte sich gegen den riesigen Schreibtisch. »Ich habe mit Slapperton gesprochen, über den Test, den er vorhin mit dir gemacht hat ...«

»Was hat das damit zu tun?«, fragte William.

»Er sagt, dass du ... Dass du dabei etwas gesehen hast«, sagte nun Goffman. »Dass du halluziniert hast.«

»Ja?«, fragte William. »Aber ...«

Goffman fiel ihm wieder ins Wort. »Wir halten das, was du unten im Keller erlebt hast, für Nachwirkungen des Experimentes in Slappertons Labor.«

»Aber da war ein Mann ... und er war ...«, protestierte William.

»Hör mir zu, William ... da unten war kein Mann«, sagte Goffman bestimmt.

»Wie meinen Sie das?«, stammelte William. »Ich weiß doch, was ich gesehen habe.«

»Der Sicherheits-Oboter hat dich unten in einem leeren

Kellerlabor gefunden«, sagte Goffman und räusperte sich. »Der Oboter hielt dich für ... einen Eindringling, deshalb hat er dich passiviert.«

William konnte einfach nicht glauben, was er da hörte.

»Wie meinen Sie das ...? Dass ich da unten halluziniert habe?«

Goffman musterte William für eine gefühlte Ewigkeit.

»Es ist sicher eine große Enttäuschung für dich, zurückzukommen, wenn sich hier alles so verändert hat«, sagte er endlich.

William schaute verzweifelt zu Boden. Er konnte es nicht fassen, dass Goffman ihm nicht glaubte.

»Wir finden das hier alle nicht besonders angenehm«, sagte Goffman nun. »Aber im Moment geht es eben nicht anders.«

William schaute wieder zu ihm hoch. Er hätte heulen können, und ein dicker Kloß saß ihm im Hals.

»Was ist denn los mit mir?«, fragte er mit zitternder Stimme. »Ich will doch nur wissen, was hier vor sich geht.«

Goffman nickte den beiden Chauffeuren zu, und die drehten sich um und verließen das Zimmer. Dann ging er um den riesigen Schreibtisch herum und ließ sich in den Sessel dahinter fallen. Er stellte seinen Stock zur Seite und nahm die Brille ab. Mühsam putzte er die Brille mit dem Ärmel und setzte sie wieder auf.

»Seit du zuletzt hier warst, William, ist viel passiert«, fing er an. »Das Institut ist nicht mehr so, wie es war, seit Abraham Talley hergebracht worden ist. Ich weiß nicht, was der

Grund dafür ist. Ob einfach der Gedanke daran, dass er da unten im Keller liegt, die Leute nervös macht oder ob er eine Art negative Kraft ausstrahlt ... die selbst in seinem eingefrorenen Zustand noch wirkt. Aber etwas ist an dem Tag passiert, an dem er hergekommen ist. Es war, ob sich ein Schleier aus Mutlosigkeit und Angst über das Institut gelegt hätte.«

Goffman schluckte.

»Ich frage mich langsam, ob das Institut je wieder so sein wird wie früher«, fügte er hinzu.

»Slapperton scheint total gestresst zu sein«, sagte William.

»Er ist wirklich sehr gestresst«, sagte Goffman. »Er arbeitet rund um die Uhr, um herauszufinden, woher diese geheimnisvollen Schallwellen kommen.«

»Und wo sind die Kandidaten?«, fragte William. »Ich habe noch keinen einzigen gesehen, seit ich hergekommen bin.«

»Wir mussten viele von ihnen nach Hause schicken. Es war hier einfach zu gefährlich für sie. Wir haben nur eine Handvoll der Tüchtigsten behalten. Sie sind jetzt Feldassistenten.«

»Was sind Feldassistenten?«, fragte William.

»Du weißt doch, dass das Institut immer auf der Suche nach begabten Jugendlichen ist, die hier ihre Fähigkeiten entwickeln können«, sagte Goffman. »Genau wie wir das mit dir gemacht haben.«

William nickte.

»Und wenn die Kandidaten ihre Probezeit hinter sich gebracht haben, suchen wir die besten aus, und die werden dann zu Feldassistenten.«

»Aber was bedeutet das?«, fragte William und setzte sich gerade hin.

»Das bedeutet, dass sie durch die Welt reisen und allerlei Aufträge für das Institut ausführen.«

»Und Iscia?«, fragte William. Er wusste nicht so recht, ob er Angst vor der Antwort hatte. Er wollte sie so gern wiedersehen.

»Sie ist eine der wenigen, die hiergeblieben sind«, antwortete Goffman. »Sie ist jetzt Feldassistentin.«

William konnte sich ein Lächeln nicht verkneifen.

»Bedeutet das, dass ich sie bald wiedersehen werde?«

»Ich weiß nicht«, sagte Goffman. »Sie muss einen wichtigen Auftrag für uns ausführen.«

»Was denn?«, fragte William.

»Das kann ich dir leider nicht sagen«, sagte Goffman. »Aus Sicherheitsgründen.«

William gefiel es überhaupt nicht, von etwas ausgeschlossen zu sein.

»Hat es etwas mit den Orben zu tun ... das, womit sie jetzt beschäftigt ist?«, fragte er.

Seit er zwei Tage zuvor hergekommen war, hatte er kein einziges Wort über die Orben gehört. Beim letzten Mal war das ganz anders gewesen. Da waren die Orben fast das einzige Gesprächsthema gewesen.

»Nein«, sagte Goffman. »Alle Orben sind eingezogen worden. Das ist eine gängige Vorschrift für diese Sicherheitsstufe. Wir dürfen nicht riskieren, dass einer auf Abwege gerät.« Sein Gesicht wurde sehr ernst.

»Ich muss dir eine Frage stellen, William«, sagte er.

William nickte. »Was denn?«

»Wie bist du ins Labor gekommen?«

William überlegte.

Was sollte er sagen? Sollte er von der Gestalt erzählen, die ihm im Keller begegnet war? Er beschloss, es nicht zu tun. Goffman würde sicher auch die Gestalt als Halluzination abtun. William wollte nicht noch angeschlagener wirken, als er es ohnehin schon war.

»Hast du die hier benutzt?«, fragte Goffman und hielt die Schlüsselkarte hoch.

William steckte die Hand in die Hosentasche. Die Tasche war leer. Er erstarrte. Woher hatte Goffman seine Karte?

»Die ragte aus deiner Tasche heraus«, sagte Goffman. »Woher hast du sie?«

William überlegte noch immer, was er sagen sollte.

»Die hab ich gefunden«, sagte er endlich.

»Wo denn?«, fragte Goffman und beugte sich vor.

»Unten im Keller«, sagte William und schluckte. »Nachdem der Dienst-Oboter die Treppe hinuntergefallen war, habe ich mich verlaufen, und ...« Er legte eine Pause ein.

»Ja ... und?«, fragte Goffman und beugte sich noch weiter vor.

»... und dann habe ich die Schlüsselkarte auf dem Boden gefunden«, sagte William.

Sein Bauchgefühl riet ihm, noch nicht von der geheimnisvollen Gestalt zu erzählen. Er war sich nämlich ziemlich sicher, dass Goffman und die anderen Erwachsenen im Institut ihm auch ganz schön viel verheimlichten.

Er merkte, dass das Institut kein richtiges Vertrauen mehr zu ihm hatte. Vielleicht lag es daran, was mit dem Luridium in seinem Körper passierte? Was immer es war, William hatte jetzt auch kein richtiges Vertrauen mehr zum Institut. Warum wollte Goffman ihm einreden, dass er halluzinierte?

Er wusste, was er da unten im Keller gesehen hatte.

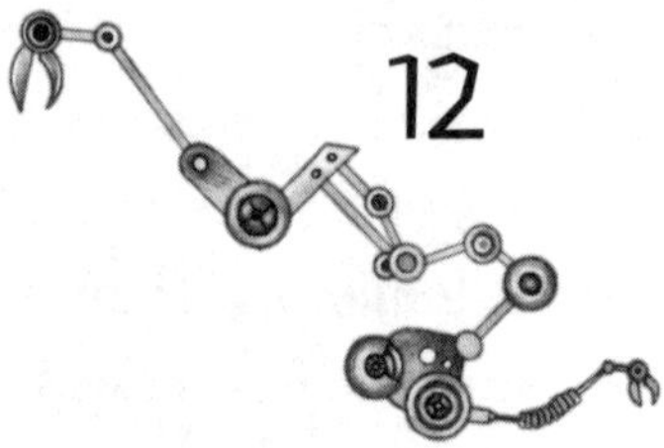

12

William wurde von einem Geräusch geweckt.

Er fuhr hoch, blieb im Bett sitzen und schaute sich um. Wie lange hatte er wohl geschlafen?

Er schaute zur Tür hinüber. Hatte er nur geträumt?

William schwang die Beine über die Bettkante und stand auf. Er fühlte sich noch immer ziemlich benommen und war fest entschlossen, in Zukunft allen Passivatoren aus dem Weg zu gehen. Er zuckte zusammen, als plötzlich die Türklinke nach unten gedrückt wurde. Draußen stand jemand. Und dieser Jemand versuchte hereinzukommen.

William blieb stocksteif stehen und starrte die Türklinke an.

»Tür ... bist du da?«, flüsterte er.

»Pst«, sagte die Tür.

»Wie meinst du das, pst?«, flüsterte William zurück.

»Ich meine, dass du still sein sollst«, flüsterte die Tür. »Da draußen ist jemand. Total vorschriftswidriges Verhalten. Geh lieber weg.«

William wich zurück. Die Tür war angeblich einbruchsicher, und da konnte doch keine Gefahr bestehen? Er ging zurück zum Bett.

Dann bewegte sich die Türklinke ein weiteres Mal.

»Kannst du nichts machen?«, fragte William flehend.

Aber die Tür gab keine Antwort.

William schaute sich nach einer Waffe um. Sein Blick blieb an dem Tablett hängen, auf dem gestern Abend sein Essen gebracht worden war. Die Teller waren zu zerbrechlich und das Besteck zu schwach. Also fegte er alles vom Tablett und hielt es vor sich hin wie einen Schild.

Jetzt hörte er, wie sich jemand draußen an irgendetwas zu schaffen machte.

»Der da draußen versucht, mich über das Display für den Code zu öffnen«, sagte die Tür.

»Kannst du sie nicht daran hindern?«, fragte William.

»Er ist durch den Sicherheitscheck gelangt und kennt den Code. Da kann ich nicht viel ausrichten.«

»Aber wer ist das?«

»Weiß nicht«, sagte die Tür. »Ich bin deine Termine durchgegangen. Und jetzt hast du keinen.«

»Hast du draußen keine Kamera oder so was, was du nutzen könntest?«, fragte William.

»Du hast ja keine Ahnung, wie oft ich darum schon gebeten habe«, sagte die Tür bitter. »Jetzt haben sie den Sicherheitshaushalt zwar aufgestockt, aber das meiste fließt nur an die Dienst- und Sicherheits-Oboter.«

»Dann ruf einen Sicherheits-Oboter«, sagte William nervös.

»Hab ich schon. Der wird in zwei Minuten hier sein«, antwortete die Tür. »So lange müssen wir allein zurechtkommen. Irgendeinen Vorschlag?«

»Ist das dein Ernst?«, stammelte William. »Das ist deine Aufgabe.«

Er zuckte nervös zusammen, als er drei kurze Pieptöne von der Tür her hörte. Danach glitt sie mit einem Klicken auf. William wich noch weiter zurück und hob das Tablett, während er zugleich über dessen Rand lugte, bereit, sich zu verteidigen.

Aber nichts passierte.

Der Gang draußen war leer.

»Wer ist da?«, fragte William mit zitternder Stimme.

Als Antwort gab es nur Stille.

»Ich bin bewaffnet«, behauptete William und hob noch einmal das Tablett.

Plötzlich sprang eine Gestalt durch die Tür. William fuhr zurück, knallte gegen den Stuhl und fiel zu Boden. Im Fallen rutschte ihm das Tablett aus der Hand, glitt über den Boden und verschwand unter dem Bett. Er tastete danach und versuchte gleichzeitig, sich in Deckung zu bringen.

»Hahahahahaha ...!« Jemand lachte über ihn.

William ließ das Tablett los und blieb halb versteckt unter dem Bett liegen.

Iscia stand neben der Tür und schüttelte sich vor Lachen so sehr, dass sie kaum noch aufrecht stehen konnte. Er starrte sie an. Sie sah verändert aus. Erwachsener irgendwie.

»Das war nicht komisch, Iscia«, sagte er wütend.

Zu Hause in Norwegen hatte er sich oft vorgestellt, was er zu ihr sagen würde, wenn sie sich endlich wiedertrafen. Aber das, was er gerade gesagt hatte, war nicht dabei gewesen. Sein Gesicht brannte. Er wurde sicher auch rot.

»Du hättest dich mal sehen sollen. Deine Augen waren sooooo groß.« Sie zeigte es mit den Fingern.

Er wusste nicht, was er sagen sollte, und deshalb starrte er sie einfach an.

»Ich habe gehört, dass du wieder hier bist«, sagte sie, als ihr Lachen endlich verstummt war. »Sie haben gesagt, dass du nicht gestört werden darfst. Aber ich habe mich doch hierhergeschlichen.«

»Nicht gestört?«, fragte William verständnislos.

»Du brauchst Ruhe, haben sie gesagt.«

»Ich bin passiviert worden«, sagte William und kratzte sich am Arm.

»Das juckt manchmal noch Stunden später«, sagte sie.

»Es juckt nicht, es prickelt irgendwie ...«, sagte William. »Hast du das schon mal erlebt?«

»Ja ... das gehört zum Training, wenn man nicht mehr Kandidat ist, sondern Feldassistent werden soll«, sagte sie. »Passiviert werden ist verdammt unangenehm.«

William nickte. Er sah das ganz genauso.

Sie blieben stehen und musterten einander lange. Am Ende konnte William sich nicht mehr zusammenreißen. Ein breites Grinsen breitete sich auf seinem Gesicht aus. Es war so schön, sie wiederzusehen.

»Das kriegst du wieder«, sagte er.

»Natürlich«, sagte sie und lächelte. Sie zog die Tür hinter sich zu.

»Warum haben sie dein Zimmer zur Muschel gemacht?«, fragte sie dann und sah sich um.

»Wie bist du hier reingekommen?«, gab er zurück.

»Das war Teil der Ausbildung. Ich bin doch jetzt Feldassistentin. Dann kommt man hier durch jeden Sicherheitscheck«, erwiderte Iscia.

»Was machst du denn eigentlich?«, fragte William. Er starb fast vor Neugier, zu erfahren, was jetzt ihre Aufgabe war.

»Das ist geheim«, sagte sie. »Ich darf nicht darüber reden.«

»Ich sag es auch nicht weiter«, sagte William enttäuscht. Fing Iscia jetzt auch schon mit dieser Heimlichtuerei an?

»Ich weiß«, sagte sie. »Aber jetzt ist alles anders. Ich bin Feldassistentin und muss mich an die Vorschriften halten. Jetzt du.«

»Wie meinst du das?«, fragte William.

»Ich habe dir erzählt, dass ich Feldassistentin bin. Jetzt musst du mir verraten, warum sie dein Zimmer zur Muschel gemacht haben.«

»Ich wusste schon, dass du Feldassistentin bist«, sagte William. »Das hat Goffman erzählt.«

»Ach ...«, sagte Iscia. Sie wirkte fast ein bisschen erschöpft.

Er hatte jetzt nicht mehr das Gefühl, ihr unterlegen zu sein, und beschloss, ihr zu erzählen, was mit ihm nicht stimmte.

»Das ist wegen des Luridiums«, sagte er. »Dass sie das Zimmer umgebaut haben.«

»Wie meinst du das?«, fragte Iscia.

»Es ist außer Kontrolle geraten«, sagte William, ohne ihren Blick zu erwidern.

»Echt? Wieso denn außer Kontrolle?«

William setzte sich aufs Bett und starrte zu Boden.

»Ich kriege Anfälle«, sagte er langsam.

»Anfälle?«, fragte sie und beugte sich zu ihm. »Was denn für Anfälle?«

»Weiß ich nicht so genau«, sagte William und wand sich. »Alles verschwindet einfach und ...« Er unterbrach sich, wollte nicht mehr über die Anfälle sagen. Er hatte Angst, ein neuer könnte ausgelöst werden, wenn er darüber redete.

»Und was wollen sie dagegen unternehmen?«, fragte Iscia und setzte sich neben ihn auf das Bett.

»Slapperton ist dabei ... Er hat eine Art Maschine gebaut.«

»Eine Maschine?«, fragte Iscia überrascht.

»Er nennt sie einen Partikeldefragmentierungsregulator.«

»Einen Praktik... Pragmatik... was für ein Dings?«, fragte Iscia.

»Egal. Er will damit herausfinden, was die Anfälle auslöst. Es hat irgendwas mit Schallwellen zu tun«, sagte William und legte eine kurze Pause ein. »Das sagt er jedenfalls.«

»Vertraust du ihm denn nicht?«

»Ich habe eher den Eindruck, dass er und Goffman mir nicht vertrauen«, sagte William.

»Warum nicht?«

William zögerte. Sollte er es ihr erzählen?

»Sie behaupten, ich hätte Halluzinationen.«

»Ja ... und?«

»Ich weiß, was ich gesehen habe«, erwiderte William. »Aber Goffman sagt, es seien Halluzinationen.«

»Wovon redest du eigentlich?«, fragte sie und klang auf einmal ungeduldig.

»Ich habe etwas gesehen ... unten im Keller«, rutschte es ihm heraus.

»Was hast du denn gesehen?«, fragte Iscia.

»Du wirst mich für verrückt halten«, sagte er.

»Ich halte dich ohnehin schon für verrückt«, lachte sie und boxte ihm gegen die Schulter.

»Ich habe einen Mann gesehen«, sagte William und stand auf. »Er war mit einem viereckigen Stein- oder Zementblock verschmolzen.« William zeigte ihr, wie weit der Mann aus dem Stein ragte.

Iscia sah ihn an.

»Ein eingeschmolzener Mann?«, fragte Iscia und runzelte die Stirn.

»Ich hab es ja gewusst. Du glaubst mir nicht«, sagte William und richtete sich gerade auf.

»Menschen können nicht irgendwo eingeschmolzen werden«, sagte Iscia.

»Dann war er eben kein Mensch«, sagte William. »Denn sein halber Körper war mit einem großen viereckigen Stein verschmolzen.«

»Du hörst ja wohl selbst, wie irrsinnig das klingt?«, fragte Iscia und stand vom Bett auf.

»Vergiss es einfach«, sagte William.

»Ich will dir ja glauben«, sagte Iscia. »Es klingt nur so total irrsinnig. Warum sollte das Institut unten im Keller einen mit einem Stein verschmolzenen Mann aufbewahren? Und dir dann einreden wollen, du hättest dir alles nur eingebildet?«

»Weiß ich nicht. Aber sie haben wohl ihre Gründe. Die wirken doch total paranoid«, sagte William.

»Das kommt vom blinden Passagier«, rutschte es Iscia heraus.

William konnte ihr ansehen, dass sie etwas gesagt hatte, was sie nicht hätte sagen dürfen. Sie schluckte.

»Ich muss zurück zur Arbeit«, sagte sie plötzlich und lief zur Tür.

»Warte!« William lief hinterher.

Sie blieb stehen, kehrte ihm aber den Rücken zu. »Welcher blinde Passagier?«, fragte er.

»Vergiss es.«

»Du hast von einem blinden Passagier gesprochen ... wovon redest du?«

Sie drehte sich um und richtete ihre braunen Augen auf ihn.

»Wenn ich es dir erzähle ... darfst du es nicht weitersagen«, verlangte sie.

»Versprochen«, William nickte.

»Hier im Institut ist jemand, der nicht hier sein dürfte.«

»Wer denn?«

»Das wissen sie nicht. Die Überwachungskameras haben eine undeutliche Gestalt aufgenommen. Sie kommt und geht durch die Wände ... wie ein Spuk«, flüsterte Iscia und schluckte nervös. »Mehr weiß ich nicht. Aber das jagt ihnen eine ziemliche Angst ein.«

»Ist die Sicherheitsstufe deshalb noch mal erhöht worden?«, fragte William.

Iscia nickte.

»Es liegt also nicht an Abraham Talley?«

»Richtig. Nachdem Talley hierhergebracht worden war, wurde auf Sicherheitsstufe vier hochgeschaltet. Das ist eigentlich die höchste Stufe, bei der es hier noch einigermaßen normal weitergeht. Fünf ist schrecklich. Wir dürfen fast gar nichts mehr«, sagte sie.

William überlegte. Ein blinder Passagier im Institut? War ihm da unten im Keller etwa dieser blinde Passagier begegnet? Die Gestalt, die ihm die Schlüsselkarte gegeben hatte?

Sollte er ihr davon erzählen …?

Nein. Vorher musste er etwas herausfinden.

»Kommst du auch unten im Keller durch alle Sicherheitschecks?«, fragte er und warf Iscia einen herausfordernden Blick zu.

13

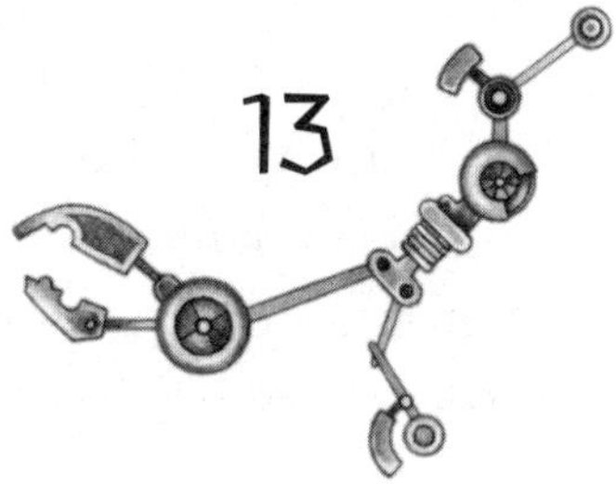

William drehte sich zu dem Dienst-Oboter um, der hinter Iscia von einem Fuß auf den anderen trat.

»Danke, wir sind jetzt am Ziel. Wir wollen da rein.« William zeigte auf die Tür zu dem Raum, in dem er den alten Mann im Glaskasten gesehen hatte.

»Wann soll ich euch wieder abholen?«, fragte der Dienst-Oboter.

»Das ist nicht nötig. Wir werden von Goffman selbst abgeholt«, sagte Iscia.

Damit drehte sich der Dienst-Oboter um und verschwand hinten im Gang.

»Es ist schon ein bisschen unheimlich, dass es hier unten in den Gängen jemanden gibt, von dem niemand etwas weiß«, sagte Iscia und zitterte leicht.

»Bist du so weit?«, fragte William. Er wollte jetzt nur nicht an den blinden Passagier denken.

Iscia sah die Tür an, als überlegte sie noch, ob sie hineingehen sollte. »Ich bin mir sicher, dass ich es bereuen werde«, flüsterte sie.

Sie legte die Stirn an den Scanner. Ein blaues Licht leuchtete auf und sie wurde gescannt.

»Kann passieren«, sagte eine tonlose Stimme aus dem kleinen Lautsprecher in der Kontrollplatte.

Ein kurzes *blipp* war zu hören und die Tür sprang auf.

»Komm«, sagte William. »Aber pass auf, wenn du einen Wacht-Oboter siehst. Die schießen sofort und fragen erst hinterher.«

Sie gingen hinein. »Hier sieht es ja aus wie in einer Raumstation«, rief Iscia und blieb stehen. Ihr Blick wanderte durch den riesigen Raum. Sie war zweifellos beeindruckt.

»Warum sind die Wände mit Silberpapier verkleidet?«, Iscia flüsterte fast.

»Weiß nicht«, flüsterte William zurück.

»Und was ist das da?« Iscia zeigte auf den großen Glaskasten, der hinter dem Vorhang hervorlugte.

»Da drinnen ist er«, sagte William.

»Ich weiß nicht, ob das hier so klug ist«, sagte Iscia zögernd.

»Ich will nur von dir hören, dass du ihn auch sehen kannst ... ich muss wissen, dass ich nicht halluziniere«, sagte William. »Komm.« Er zog sie mit sich. Sie blieben vor dem Vorhang stehen.

»Bist du so weit?«, flüsterte William.

Iscia nickte.

Er zog den Vorhang zur Seite und schnappte nach Luft.

Er starrte in den Glaskasten. Iscia prustete los.

»Wenn das da ein alter Mann ist, dann bin ich ein Dinosaurier«, sagte sie schnaufend.

»Das kann doch nicht sein«, sagte William. »Den habe ich

hier letztes Mal nicht gesehen.« Er starrte einen Schimpansen an, der auf einer Matratze im Glaskasten saß.

Der Schimpanse hielt etwas in der Hand und kaute darauf herum.

»Vielleicht war da nie ein alter Mann?«, fragte Iscia. »Vielleicht hast du ja doch Halluzinationen ... vielleicht solltest du nicht mehr daran denken, sondern dir vom Institut helfen lassen?«

William wurde unsicher. Vielleicht sah er wirklich Dinge, die es nicht gab. Vielleicht hatte er tatsächlich Halluzinationen, genau wie Goffman gesagt hatte?

»Lass uns gehen ...«, sagte William und wollte sich schon umdrehen, als sein Blick auf etwas fiel, das der Schimpanse in den Händen hielt.

Worauf kaute der da eigentlich herum?

Es war weiß und schien aus Plastik zu sein.

Ohne nachzudenken, ging William zur Glastür, öffnete sie und betrat den Kasten.

»Was hast du vor?«, rief Iscia. »Schimpansen können gefährlich sein.«

Aber William interessierte sich jetzt nicht für den Schimpansen. Sein Blick richtete sich auf das, woran der Affe herumkaute.

Er blieb ein Stück von dem kräftigen Tier entfernt stehen und ging in die Hocke. Der Schimpanse musterte ihn aus neugierigen Augen und lutschte schmatzend an dem weißen kleinen Plastikstück. William streckte die Hand aus.

»Gib her«, sagte er.

Der Schimpanse legte den Kopf schräg und sah ihn fragend an.

»Kann ich das haben?«, fragte William, so höflich er konnte, und zeigte auf das weiße Plastikstück.

»William ... mach, dass du da rauskommst«, hörte er Iscia hinter sich sagen.

Aber William achtete nicht auf sie. Er war wild entschlossen, sich das Plastikstück zu sichern, ehe der Schimpanse es endgültig zerkaut hatte. Er trat ein wenig näher, noch immer mit ausgestreckter Hand.

»Krieg ich das?«, bat er noch einmal.

Der Affe nahm das Plastikstück aus dem Mund und sah es an. Schimpansenspucke tropfte herunter.

»Bitte, bitte ...«, sagte William und nickte dem Schimpansen zu.

Der Schimpanse äffte ihn nach und nickte ebenfalls.

Plötzlich warf er William das Plastikstück ins Gesicht. Es blieb an Williams Stirn kleben. William spürte, wie ihm Affenspucke über das Gesicht lief. Er musste sich alle Mühe geben, um die Ruhe zu bewahren.

Langsam richtete er sich auf und fischte sich das Plastikstück von der Stirn. Er sah es an, und richtig!

Es war genau das, was er sich erhofft hatte.

14

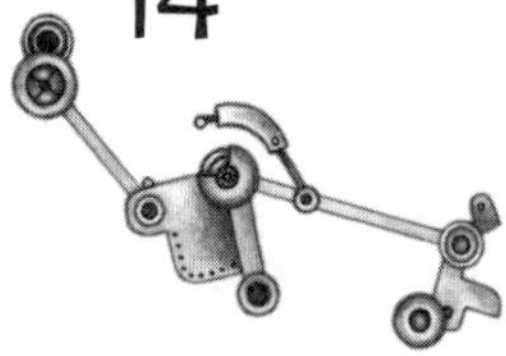

»William, warte«, rief Iscia und lief hinter William her durch den Gang.

»Du glaubst mir ja doch nicht. Ich will nicht mehr darüber reden«, sagte William und rannte die Treppe hoch.

»Aber ...«, begann Iscia und nahm zwei Treppenstufen auf einmal, um ihn einzuholen. »Ein zerkautes Namensschild beweist gar nichts.«

William schaute das Namensschild an, das er dem Schimpansen abgeluchst hatte. Pon... Dip..., Chef...rator, stand darauf. Das Schild war so stark zerkaut, dass viele Buchstaben fehlten.

»Sie halten ihn gefangen. Das weiß ich einfach«, sagte William. »Sie machen Experimente mit ihm oder foltern ihn, um Informationen von ihm zu bekommen. Und sie haben ihn bestimmt an einen anderen Ort gebracht, nachdem ich ihn entdeckt hatte.«

»So arbeitet das Institut nicht«, protestierte Iscia.

Sie kamen oben an der Treppe an. William ging mit langen Schritten durch die Eingangshalle.

»Weißt du vielleicht alles über das Institut?«, fragte er.

»Immerhin ziemlich viel«, erwiderte sie.

»Aber nicht alles«, sagte William und blieb stehen, drehte sich zu ihr um und hielt ihr das Namensschild unter die Nase. »Das ist Beweis genug für mich, dass er dort war. Sie halten ihn irgendwo hier im Institut gefangen und ich werde feststellen, wo.«

»Was denn feststellen?«, hörte er plötzlich eine Stimme.

William fuhr herum und entdeckte Freddy, der neben einem Dienst-Oboter ein Stück entfernt stand. Mit einer raschen Bewegung ließ William das Namensschild in seiner Tasche verschwinden.

»Wenn ich das richtig verstanden habe, dürfen wir hier nicht ohne Dienst-Oboter herumlaufen«, sagte Freddy. »Und du schon gar nicht.« Er musterte William aus zusammengekniffenen Augen.

William gab keine Antwort.

Er starrte in Freddys sommersprossiges Gesicht. Freddy war der einzige Kandidat hier im Institut, den William einfach nicht ausstehen konnte. Er hatte nicht vor, sich diesmal wieder von Freddy schikanieren zu lassen. Seit ihrer letzten Begegnung war Freddy in die Höhe geschossen. Jetzt überragte er William fast um einen ganzen Kopf.

»Lass ihn doch in Ruhe, Freddy«, sagte Iscia.

Freddy nickte zu den Treppen hinüber.

»Was habt ihr da unten gemacht?«, fragte er.

»Wir haben uns verlaufen«, sagte William.

»Was du nicht sagst«, meinte Freddy und sah Iscia an.

»Komm«, sagte Iscia und zog an Williams Arm.

Aber Freddy trat vor ihn und versperrte ihm den Weg.

»Ich hab dich eine Weile nicht gesehen, William. Wo hast du dich denn rumgetrieben?«, fragte er und starrte ihn wieder aus schmalen Augen an. »Ich habe die Sache mit dem Orbis nicht vergessen.«

»Lass ihn in Ruhe, Freddy«, sagte Iscia.

William schluckte. Seit er bei seinem ersten Aufenthalt im Institut Freddy in einem Orbisduell geschlagen hatte, hatte er gewusst, dass Freddy sich eines Tages rächen würde. Freddy war viel größer und stärker als er. Und jetzt hatte William noch nicht mal einen Orbis zu seiner Verteidigung.

»Ich wollte nur sagen ...«, flüsterte Freddy und beugte sich noch weiter vor, »dass ich dir verziehen habe.«

William war einfach sprachlos. Das hatte er nun wirklich nicht von Freddy erwartet, dem übelsten Typen im ganzen Institut.

»Du machst doch Witze?«, rutschte es ihm heraus.

»Ich mache keine Witze«, sagte Freddy und klopfte William väterlich auf die Schulter. »Orbisduelle sind doch Kinderkram. Jetzt sind wir größer. Und einige von uns sind sogar schon Feldassistenten.« Freddy schaute mit vielsagendem Lächeln zu Iscia hinüber.

William verstand gar nichts mehr. War Freddy jetzt auch schon Feldassistent ... für das Institut? Das konnte er nicht glauben.

»Komm. Wir gehen«, sagte Iscia und zog William am Arm. Sie schien es plötzlich ziemlich eilig zu haben.

»Warte«, sagte Freddy und schaute Iscia an. »Du hast es ihm also nicht gesagt ... oder doch?«

»Ich … ich …«, stammelte Iscia.

William sah sie an. Was denn erzählt?

»Willst du es sagen … oder soll ich?«, fragte Freddy.

Aber Iscia blieb wortlos stehen. William ließ seinen Blick zu Freddy zurückwandern.

»Iscia und ich …«, begann Freddy und legte eine dramatische Pause ein, »sind jetzt ein Team.«

William durchfuhr ein kalter Schauer. Ein Team?

»Wovon redet der da?«, flüsterte William Iscia zu. Als ob er glaubte, Freddy könnte das nicht hören.

»Ich wollte es dir ja sagen«, antwortete Iscia. »Aber du warst so beschäftigt mit … du weißt schon … dass ich es nicht erzählen konnte … wir … wir …« Sie wurde von einer Computerstimme gleich neben ihnen unterbrochen.

»Kein unbefugtes Herumlungern in den Gängen!«

Ein Wacht-Oboter kam auf sie zugerollt und richtete drohend seinen Passivator auf sie.

»Huch. Muss machen, dass ich weiterkomme«, sagte Freddy und grinste breit. »Wirklich nett, dich wiederzusehen, William.« Er drehte sich zu Iscia um. »Kommst du? Wir haben ja denselben Weg.« Freddy drehte sich zu seinem Dienst-Oboter um. »Sie kommt mit uns.«

Der Dienst-Oboter nickte.

Iscia wandte sich William zu.

»William … ich …« Mehr konnte sie nicht sagen, denn der Wacht-Oboter fiel ihr ins Wort.

»Ich wiederhole: Das Herumlungern ist hier nicht gestattet. Weiter mit euch.«

Freddy und Iscia gingen zusammen mit dem Dienst-Oboter davon. William blieb stehen und schaute hinter ihnen her.

Iscia sah ihn unglücklich an, ehe sie um die Ecke verschwand.

»Du kommst mit mir«, sagte der Wacht-Oboter zu William.

15

William hatte in dieser Nacht kein Auge mehr zugetan.

Jetzt lag er im Bett auf dem Rücken und streckte die Beine an der Wand hoch. Manchmal half ihm das beim Entspannen.

Diesmal nicht.

Es gab zu vieles, was ihm zu schaffen machte: Der Mann im Stein. Iscia, die plötzlich mit Freddy zusammenarbeitete. Das Institut, das kein Vertrauen mehr zu ihm hatte. Sein Großvater, der schon wieder verschwunden war ... und die Anfälle.

Alles war einfach total falsch.

Er setzte sich auf und schaute das Frühstückstablett an, das auf dem Schreibtisch vor dem Fenster stand. Es war ihm vor die Tür gestellt worden, aber er hatte keinen Hunger.

Er schaute zu dem vergitterten Fenster hinüber. Sollte er einfach durchbrennen? Zurück nach Norwegen fliehen?

Er fuhr zusammen, als die Tür plötzlich »KLOPF, KLOPF« rief.

William stand auf, ging zur Tür und öffnete.

»Kommst du?«, fragte Slapperton und lief wie gehetzt zurück zu seinem Luftkissenfahrzeug. »Ich will nicht länger als unbedingt notwendig in den Gängen unterwegs sein.«

Nach einer weiteren überstürzten Tour durch die Gänge des Instituts saß William dann wieder im Zahnarztsessel.

Er schaute hoch zu der weißen Schallwellenkanone und dachte unwillkürlich an die andere Kanone, die über dem alten Mann im Glaskasten. Aber jetzt musste er an sich und sein Problem denken.

William richtete seinen Blick auf die Riemen, die sich um seine Arme und um seine Beine schlossen. Er fand es schrecklich, auf diese Weise festgebunden zu werden.

»Bist du so weit?«, fragte Slapperton, der nun wieder hinter dem Schutzschirm aufgetaucht war. Er trug schon Schutzbrille und Ohrenschützer.

William nickte.

»Nach dem, was zuletzt passiert ist, habe ich das hier für dich gemacht«, sagte Slapperton und reichte William eine kleine schwarze Box mit einem roten Knopf. »Wenn du dich unbehaglich fühlst oder nicht mehr willst, dann brauchst du nur auf den Knopf zu drücken und ich schalte die Kanone sofort aus. Alles klar?«

»Alles klar«, sagte William.

Er schloss die Finger um die kleine Box, ließ sich im Sessel zurücksinken und schloss die Augen. Er merkte, dass Slapperton ihm den Gehörschutz aufsetzte, und alles wurde still.

Dann fing der Partikeldefragmentierungsregulator über ihm an zu dröhnen.

Zuerst war das Geräusch so leise, dass er es fast nicht hören konnte. Dann wurde es lauter und lauter. Bald spürte

William die Schallwellen, die sich in seinem Körper ausbreiteten. Ganz unten in seinem Rückgrat setzte ein Surren ein.

Dann kam die Kälte.

Sie wanderte seinen Rücken hoch und in seine Arme. William schloss seine Finger fester um die kleine Box. Er wollte noch nicht auf den Knopf drücken. Er wollte erst sehen, was passieren würde.

Die Kälte wanderte in seine Hände und dann kamen die Kopfschmerzen. Es war, als hätte ihm jemand einen Pfeil in die Stirn geschossen. Er biss die Zähne zusammen und versuchte, nicht zu schreien. Er musste kämpfen, um nicht auf den roten Knopf zu drücken. Seine Hände zitterten so heftig, dass er Angst hatte, die Box fallen zu lassen. Wie damals, als ihm in der Fernsehsendung vor laufenden Kameras die Schwierigkeit aus den Händen gerutscht war.

Darf nicht drücken ... darf nicht drücken ...

Plötzlich wich das Dröhnen einem Geräusch, das sich anhörte wie ein Motor. Bremsende Reifen kreischten. William öffnete die Augen und musste sich zur Seite werfen, um nicht von dem Auto getroffen zu werden, das auf ihn zukam.

Das Auto jagte an ihm vorbei und er setzte sich wieder auf.

Er stand an einer Autobahn. Zum Glück hatte er sich auf den Seitenstreifen fallen lassen. Er konnte den Luftdruck der vielen Autos spüren, die nur zwei Meter von ihm entfernt vorübersausten.

Er blickte an sich hinunter, er schien unverletzt zu sein. Wie war er hierhergekommen? War das hier wirklich oder nur eine weitere Halluzination?

Die Autos wurden langsamer und vor ihm entstand ein langer Stau. Das Dröhnen wütender Motoren wurde von ungeduldigem Hupen abgelöst.

William blieb stehen und sah zu, wie sich die vielen Autos hintereinanderdrängten. Sein Blick blieb an einem Auto ganz in seiner Nähe hängen. Es kam ihm bekannt vor, und dann sah er den Mann hinter dem Lenkrad.

»Papa!«, rutschte es ihm heraus.

Was machte sein Vater hier?

Ohne nachzudenken, lief William auf die Fahrbahn. Er blieb vor dem Auto stehen, in dem sein Vater saß, und winkte. Aber Papa schien ihn nicht sehen zu können. Sein Vater schaute nervös auf seine Armbanduhr und drückte zweimal auf die Hupe. Er wirkte ziemlich angespannt.

Dann entdeckte William jemanden auf der Rückbank. Wer war das? Er trat näher, um genauer hinzusehen.

In diesem Moment hatte er das Gefühl, zurückgeschleudert zu werden, und alles um ihn herum wurde schwarz.

»WILLIAM?«, rief jemand aus der Dunkelheit.

William öffnete die Augen.

Er war wieder im Labor.

»WILLIAM«, rief die Stimme wieder. Der Gehörschutz machte es schwierig, zu hören, woher sie kam.

Er entdeckte Slapperton, der zwei Meter über dem Boden vor ihm schwebte. Er fuchtelte wild mit den Armen, zeigte verzweifelt auf William und rief etwas wie:

»AUF DEN KNOPF DRÜCKEN!«

William schaute die kleine Box an, die er noch immer in

der Hand hielt. Er presste den Daumen auf den Knopf und das Dröhnen der Schallkanone verstummte. Auch die Kälte in seinem Kopf verschwand. William ließ die Fernbedienung fallen und sank erschöpft im Sessel zurück, während Slapperton auf den Boden krachte und bewegungslos liegen blieb.

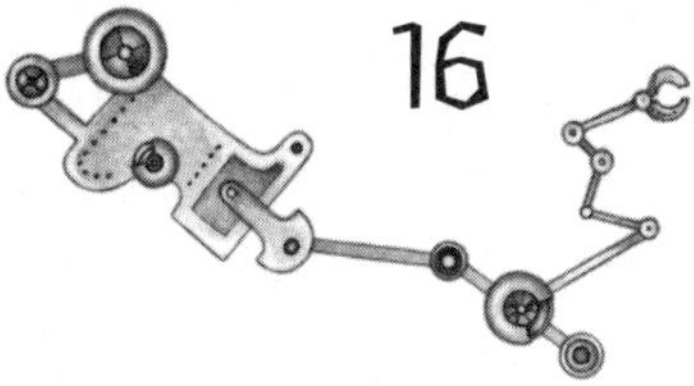

16

William schob das Tablett weg, er hatte noch immer keinen Hunger.

Er saß da und starrte die dampfenden Würstchen und die goldbraunen Kartoffeln auf seinem Teller an. Unter normalen Umständen hätte er drauflosgespachtelt. Aber nichts war noch normal. Er hatte seit dem Vortag nichts gegessen und konnte jetzt noch nicht einmal den Gedanken daran ertragen. Er sah dem Dampf der Würstchen hinterher, der aufwärtsstieg und im Sonnenlicht tanzte, das durch das Gitter in sein kleines Zimmer fiel.

Er dachte an seinen Vater im Auto auf der Autobahn. Versuchte, das Bild deutlich vor sich zu sehen. Er war nicht daran gewöhnt, seinen Vater hinter einem Steuerrad zu sehen. Immer fuhr seine Mutter und sein Vater saß daneben.

William stand auf und ging hinüber zum Fenster. Er blieb stehen und schaute durch das Gitter und die Schlingpflanzen, die sich draußen über die Glasscheibe schlängelten.

Vor einigen Monaten hatte er diese Aussicht für die tollste auf der ganzen Welt gehalten. Jetzt war sie nur noch deprimierend.

Die Raupenfahrzeuge patrouillierten noch immer vor der

hohen Mauer, die den großen Park umgab. Eine Überwachungsdrohne flog an seinem Fenster vorbei. William drehte sich um und ging zurück zum Bett. Er setzte sich auf die Bettkante und starrte ins Leere.

Als er noch so in seine Gedanken vertieft dasaß, bemerkte er plötzlich etwas im Zimmer.

Er schaute auf und erstarrte.

Er war nicht allein.

Jemand stand neben seinem Kleiderschrank.

William sprang vom Bett hoch und griff nach etwas, mit dem er sich verteidigen könnte, aber seine Hand griff ins Leere. Er wich zurück, bis er gegen die Wand stieß. Er blieb wie gelähmt stehen und starrte die Gestalt an, die einen Schritt auf ihn zutrat und vor dem Fenster im Licht stehen blieb.

William keuchte auf.

Es war eine Frau.

Sie trug eine dunkle Sonnenbrille und ihre rechte Hand steckte in einem schwarzen Lederhandschuh. Die schulterlangen dunklen Haare verdeckten ihr halbes Gesicht. Ein langer schwarzer Ledermantel reichte ihr bis über die Waden. Und in der einen Hand hielt sie eine runde Ledertasche.

»Sie haben dir also nicht geglaubt?«, fragte sie leise mit heiserer Stimme.

»Wer?«, fragte William.

»Deine sogenannten Freunde«, sagte sie und trat einen Schritt auf ihn zu. »Sie haben dir nicht geglaubt.«

»Sie meinen den Mann im Stein?«, fragte William.

»Ja«, sagte die Frau. »Nach allem, was du für sie getan

hast … und dann bezeichnen sie dich als Lügner. Schöne Freunde!«

William blieb stehen. Er wagte nicht, auch nur einen Muskel zu rühren.

»Aber du weißt, was du gesehen hast«, sagte die Frau jetzt.

»Ja!« William nickte.

Er war plötzlich unsicher, ob die Frau, die hier vor ihm stand, wirklich existierte oder nur ein Trugbild war.

»Das Institut sagt, ich hätte Halluzinationen«, sagte er.

Er musterte die Frau und suchte nach Anzeichen dafür, dass sein Gehirn ihm gerade einen Streich spielte. Dass sie nur Einbildung war, eine Art Tagtraum.

Die Frau schnaubte voller Verachtung.

»Das Institut sagt so viel.« Sie rief es fast.

»Warum haben Sie mir die Schlüsselkarte gegeben?« William schaute zur Tür hinüber. »Sollte ich ihn etwa finden?«

»Du sollst vor allem die Wahrheit wissen«, sagte die Frau.

Sie nahm die dunkle Sonnenbrille ab. Ihre Augen waren weit aufgerissen und stechend, sie sah total verrückt aus. Das eine Auge jagte hin und her, als verfolge es eine unsichtbare Fliege.

William musste sich konzentrieren, um nicht total in Panik zu geraten. Sie hatte etwas Beängstigendes an sich.

»Die Wahrheit worüber?«, fragte er und schluckte.

»Über Abraham Talley«, sagte sie kurz.

»Abraham Talley?«, flüsterte William.

»Weißt du, wo er ist?«, fragte sie leise.

William nickte. »Er liegt eingefroren unten im Keller.«

»Es gibt so viel, was du nicht weißt, William«, sagte die Frau und lächelte.

Dann starrte sie ihn eine gefühlte Ewigkeit an. Es war, als wäre die Zeit stehen geblieben. William kam sich total hilflos vor. Die Frau sah mit ihren irren Augen aus wie eine Wildkatze auf der Jagd nach Beute. William hatte das Gefühl, sie könnte jeden Moment über ihn herfallen.

Adrenalin wurde durch seinen Körper gepumpt und machte es ihm unmöglich, klar zu denken.

Dann trat die Frau zwei Schritte auf ihn zu.

Das Licht des kleinen Fensters fiel auf ihr Gesicht. Jetzt sah er, dass die Haut auf der einen Seite rot und voller Narben war. Wie nach einer schlimmen Verbrennung.

»Wie sind Sie hier reingekommen?«, fragte er und warf einen raschen Blick zur Tür hinüber. Die war immer noch verschlossen.

»Ich habe meine Methoden«, sagte die Frau und lächelte.

»Sie waren es, die vor meiner Schule auf mich gewartet hat«, sagte William.

»Ja«, sagte sie.

»Weiß mein Großvater, wer Sie sind?«

Sie lächelte vielsagend.

»Das Institut hält mich für tot. Nach dem, was in Oxford passiert ist, war ihnen klar, dass etwas vor sich geht. Deshalb haben sie dich geholt. Aber sie wissen nicht, dass ich dahinterstecke.«

»Was ist denn in Oxford passiert?«, fragte William.

»Das hast du doch schon gesehen«, sagte sie.

»Der Mann im Stein?«, fragte William atemlos.

Sie gab keine Antwort. Sah ihn nur grinsend an.

»Was wollen Sie von mir?«, fragte William.

Ihr Lächeln verschwand und sie wurde plötzlich ernst. Sie schaute sich um, als ob sie Angst hätte, jemand könnte sie hören.

»Du sollst mir helfen«, sagte sie und hielt ihm ihre Tasche hin.

William spürte, wie sich sein Magen verkrampfte.

»Wobei denn?«, fragte er.

»KLOPF ... KLOPF« war plötzlich von der Tür her zu hören.

Die Frau fuhr herum und zischte wütend. Dann riss sie sich den Handschuh herunter und entblößte eine mechanische Hand, die mit Knöpfen voller seltsamer Symbole besetzt war.

»Wir sehen uns bald wieder, William Wenton«, sagte sie und drückte auf einen Knopf. Und mit einem lauten *zapp* und einem blauen Flackern war sie verschwunden.

William sah sich im Zimmer um. Er war wieder allein.

»KLOPF ... KLOPF«, wiederholte die Tür, dann glitt sie auf.

Draußen stand Iscia.

»Hallo«, sagte sie. »Ich muss dir etwas zeigen.«

17

Bald darauf liefen William und Iscia durch den Park hinter dem Institut.

Die Sonne ging schon unter und die hohen Bäume warfen lange dunkle Schatten auf das Gras. Sie hatten sich bei der ersten Gelegenheit vom Dienst-Oboter weggeschlichen, der jetzt sicher irgendwo durch das Institut irrte und sie suchte.

William war noch immer total durcheinander nach der unheimlichen Begegnung in seinem Zimmer. Trotzdem wollte er Iscia nichts davon erzählen. Sie würde nur behaupten, das sei schon wieder eine Halluzination.

»Das war gestern so blöd, tut mir leid«, sagte Iscia. »Du sollst nicht glauben, ich wollte dir etwas verheimlichen, deshalb will ich dir zeigen, womit wir beschäftigt sind.«

»*Wir* ... also du und Freddy?«, fragte William. Er war ganz außer Atem.

»Wir haben es uns nicht ausgesucht. Das Institut hat uns in ein Team gesteckt«, sagte Iscia. »Aber Freddy ist gar nicht so schlimm, wenn man ihn erst mal näher kennenlernt.«

Iscia blieb stehen, nahm William am Arm und zog ihn hinter einen hohen Busch. Sie hielt sich den Finger vor den Mund. Sie warteten. William konnte nur seinen eigenen Atem hören. Dann hielt plötzlich unmittelbar vor ihnen eines der Raupenfahrzeuge. Eine oben auf der kleinen Kanone angebrachte Kamera drehte sich nach allen Seiten. Aber sie schien William und Iscia nicht entdeckt zu haben.

Und so plötzlich, wie es aufgetaucht war, fuhr das Raupenfahrzeug wieder los und war verschwunden.

»Die haben einen Bewegungssensor«, erklärte Iscia. »Wenn wir ganz ruhig stehen bleiben, fällt es ihnen schwer, uns zu entdecken.«

»Wohin gehen wir eigentlich?«

»Dahin«, sagte sie und zeigte auf den künstlichen See mitten im Park. »Komm.« Iscia sah sich um, ob die Bahn frei war, ehe sie losrannte.

William folgte ihr auf dem Fuße.

Dann liefen sie am Ufer entlang.

Das Wasser war von weißen Seerosen bedeckt. Ein Stück weiter draußen stand die Statue einer Frau, die sich einen Orbis über den Kopf hielt. Neben ihr schwammen friedlich zwei Schwäne. William blieb stehen und betrachtete die Schwäne. Sie bildeten einen starken Kontrast zum restlichen Park, der jetzt vor allem an den Innenhof eines Gefängnisses erinnerte.

»Komm«, flüsterte Iscia. »Die werden schnell misstrauisch.«

»Wer?«, fragte William und schaute sich um.

»Die Schwäne«, sagte Iscia und zeigte auf die beiden.

Der eine Schwan hatte sich umgedreht und starrte sie jetzt unverwandt an.

»Fürchtest du dich neuerdings vor Schwänen?«, fragte William grinsend.

»Das sind keine normalen Schwäne«, sagte Iscia. »Schau nur.«

William sah sich die weißen Vögel genauer an. Der eine Schwan kam auf sie zu und brauste ein wenig mit dem Gefieder. Und plötzlich tauchte aus einer Klappe auf seinem Rücken eine kleine Kanone auf.

»Die sind ja mechanisch!«, sagte William.

»Natürlich«, sagte Iscia und zog ihn mit sich. »Wenn wir zu lange hier stehen, schießen sie. Wir müssen weiter, ehe sie merken, dass du nicht Freddy bist.« Sie zeigte auf einen kleinen steinernen Pavillon, der ein Stück entfernt am Ufer stand.

»Dass ich nicht Freddy bin?«, fragte William. »Wie meinst du das?«

»Das erkläre ich dir, wenn wir drinnen sind«, sagte Iscia und zog ihn weiter.

Sie blieben vor dem kleinen Pavillon stehen. William schaute sich um. Beide Schwäne starrten sie an und zielten mit den Kanonen in ihre Richtung.

»Ich glaube, wir müssen uns beeilen«, sagte er.

»Bin schon dabei«, sagte Iscia.

Sie standen jetzt vor einer alten Messingtür. Die war offenbar wirklich alt, denn sie war von Schrammen und Moos überzogen. Mitten in der Tür war eine runde Scheibe eingelassen, wie in einem Safe. Iscia drehte die Scheibe, erst in die eine Richtung, dann in die andere. Die Tür ließ ein leises Klicken hören.

William trat davor und fuhr mit dem Finger über die raue Oberfläche. Er spürte ein leises Surren im Magen. Wie immer, wenn er einem Code gegenüberstand.

»Die ist alt«, sagte er fasziniert.

»Ja«, sagte Iscia. »Sehr alt. Ich habe über zwei Wochen gebraucht, um sie zu knacken. Das war eine der Aufnahmebedingungen«, sagte sie stolz, als der letzte Teil klickte und die Tür an den verrosteten Angeln aufschwang.

»Komm«, sagte Iscia und verschwand in der Dunkelheit.

William warf einen letzten Blick auf die Schwäne auf dem See, dann schlüpfte er hinein und zog die Tür hinter sich zu.

Nun standen sie in dem stockfinsteren Pavillon.

»Wie müssen da runter«, hörte William Iscia flüstern.

»Wohin denn?«

»Da.«

Ein schmaler Lichtstreifen tauchte vor ihm auf dem Boden auf. Der Lichtstreifen wuchs und wurde bald zu einem leuchtenden Viereck. William sah, wie Iscia in die Hocke ging. Sie öffnete die Metallklappe im Boden und stellte den Fuß auf die oberste Sprosse einer rostigen Leiter.

»Müssen wir da runter?«, fragte William.

»Ja«, sagte Iscia und lächelte. »Komm.«

Sie kletterte nach unten. William blieb stehen und schaute hinter ihr her.

»Kommst du?«, rief Iscia von unten.

William begann widerwillig, die Leiter hinunterzuklettern.

»Zieh die Klappe hinter dir zu«, hörte er Iscia rufen.

Wenn William eins nicht leiden konnte, dann war das Höhe.

Das war immer schon ein Problem für ihn gewesen. Und jetzt merkte er, dass die Angst wieder da war. Er schaute auf den Steinboden tief unter sich und merkte, dass seine Finger erstarrten und sich an der kalten Leiter festklammerten. Aber er biss die Zähne zusammen und kletterte weiter. Er wollte Iscia nicht zeigen, dass er Angst hatte.

Ganz langsam stieg er tiefer und tiefer hinab.

18

William stellte die Füße auf den Boden, ließ die Leiter los und drehte sich um.

Erst jetzt konnte er sich wirklich dem unglaublichen Anblick widmen, der sich vor ihm auftat.

Sie standen in einem großen gläsernen Raum mit gewölbter Decke. Wie in einem umgekehrten Aquarium. William begriff sofort, dass sie sich unter dem Schwanenteich befanden. Schwaches Dämmerlicht drang durch das trübe Wasser über ihnen. Ein großer Fisch schwamm draußen am Glas vorbei.

»Dieser Raum gehört zu dem alten Teil des Institutes, der vor über hundert Jahren erbaut worden ist. Er ist aus Panzerglas, und hier bewahrt das Institut einige seiner geheimsten Gegenstände auf«, erklärte Iscia. »Es heißt Depot für unmögliche Archäologie.«

»Unmögliche Archäologie!«, wiederholte William und starrte weiterhin ins Dämmerlicht. Er konnte vor sich die Umrisse von allerlei Gegenständen ahnen.

»Ja ... unmöglich«, sagte Iscia. »Oder genauer gesagt, Depot für alte Gegenstände, die niemand erklären kann.«

Sie legte einen Schalter an der Wand um, und eine große alte Messinglampe an der Decke erwachte blinkend zum Leben. William schnappte nach Luft, als die Lampe den Raum beleuchtete und er endlich sah, was sie vor sich hatten.

Zuerst sah es einfach aus wie normaler alter Kram in Glaskästen, Dinge, wie man sie in jedem Museum findet. William trat zwischen die Glaskästen. Sein Blick wanderte über die Gegenstände, die darin sicher verwahrt lagen.

»Nichts anfassen«, hörte er Iscia sagen.

Sein Blick blieb an einem Gegenstand hängen, der für sich allein in einem Schaukasten lag, und er fuhr zurück.

»Ist es das, wofür ich es halte?«, fragte er und seine Stimme zitterte vor Aufregung.

»Kommt drauf an, wofür du es hältst«, sagte Iscia.

»Den Londoner Hammer«, flüsterte William.

»Richtig.«

William hatte zu Hause in einem der Bücher seines Großvaters über den Londoner Hammer gelesen. Der Londoner Hammer war von einem älteren Ehepaar gefunden worden, das in einem Ort namens London in Texas einen Spaziergang gemacht hatte. Sie hatten einen Holzschaft entdeckt, der aus einem großen Stein ragte. Das kam ihnen sehr seltsam vor und sie nahmen den Stein mit nach Hause, um ihn an ein Labor zu schicken. Dort wurde der Stein geöffnet, und darin steckte ein ganzer Hammer. Aber das war noch nicht das Seltsamste.

»Glaubst du, es stimmt ... das, was damals festgestellt worden ist?«, fragte William, ohne den Hammer aus den Augen zu lassen.

»Dass er so alt ist?«, fragte Iscia zurück.

»Ja.«

»Vierhundert Millionen Jahre?«, fragte sie.

»Damals gab es noch keine Dinosaurier auf der Welt«, sagte William.

»Und erst recht keine Menschen«, fügte Iscia hinzu.

»Im Prinzip müsste das unmöglich sein.«

»Deshalb ist er hier«, sagte Iscia. »Alles hier ist auf irgendeine Weise unmöglich. Jedenfalls wenn wir bedenken, was wir über die Geschichte der Menschen auf der Erde wissen.«

William musste sich mit Gewalt von dem Hammer losreißen, dann ging er zwischen den Schaukästen weiter. Als er einen länglichen Glaskasten mitten im Raum erreicht hatte, schnappte er nach Luft.

»Das hier kann nicht echt sein!«, rief er.

»Ist es aber«, sagte Iscia.

Vor ihnen im Schaukasten lag ein riesiges menschliches Skelett. William ging zu dem Schädel vor und betrachtete ihn durch die Glasscheibe. Der Schädel allein war schon so groß wie er selbst. Er schaute an dem riesigen Körper hinunter. Die Arme waren an den Seiten ausgestreckt. William hatte im Internet Bilder von gigantischen Skeletten wie diesem gesehen, die an verschiedenen Orten auf der Erde ausgegraben worden waren. Aber die meisten Bilder waren später als Fälschungen entlarvt worden.

»Wie alt ist das?«, fragte er Iscia.

»Nach der Karbondatierung über achthundert Millionen Jahre«, war die Antwort.

William entdeckte einen breiten Spalt auf der rechten Seite des Schädels.

»Was ist das da?«, fragte er und zeigte darauf.

»Die Todesursache, nehme ich an«, antwortete Iscia. »Er ist offenbar gestürzt oder wurde von einem schweren Gegenstand am Kopf getroffen. Das Skelett wurde uns von einem anonymen Sammler in Ägypten geschenkt. Er traute sich einfach nicht, es noch länger im Haus zu haben. Unmögliche Archäologie kann ganz schön gefährlich sein.« Sie verstummte.

»Weil ...?«, fragte William.

Iscia zögerte. »Weil es viele gibt, die nicht wollen, dass die Wahrheit ans Licht kommt«, sagte sie endlich.

William blickte sie fragend an. »Welche Wahrheit?«

»Woher wir Menschen eigentlich kommen, zum Beispiel«, antwortete Iscia.

Er überlegte kurz. Es war schon seltsam, dass ein Teil der Geschichte der Menschheit verschwiegen werden sollte. Dass er vielleicht sogar gefährlich sein konnte? So, wie er selbst.

Jetzt, da das Luridium in seinem Körper unter bestimmten Bedingungen gefährlich war, müsste er vielleicht auch geheim gehalten werden? Er hatte plötzlich Angst, jemand könnte auf die Idee kommen, auch ihn zu verstecken ...

William versuchte, das Gespräch wieder auf das Skelett zu bringen. Es tat gut, an etwas anderes zu denken, vor allem jetzt, wo die Lage im Institut so ernst war.

»Der da muss ja fast zehn Meter groß gewesen sein«, sagte er und zeigte auf das gewaltige Skelett.

»Sie«, sagte Iscia. »Das war eine Frau.«

»Wow«, sagte William. »Meinst du wirklich, dass es früher Riesen auf der Erde gegeben hat?«

»Seit ich hier arbeite, ist mir eins klar geworden«, sagte Iscia und legte eine Pause ein.

»Was denn?«, fragte William.

»Dass fast alles möglich ist«, sagte Iscia und ließ ihren Blick durch den vollgestopften Raum wandern. »Ich wusste, dass dich das interessieren würde«, fügte sie hinzu und ging weiter durch den Saal.

»Wie findest du das da?«, fragte sie und zeigte auf einen großen Glaskasten an der hintersten Wand.

William traute seinen Augen nicht, als er sah, was Iscia meinte. In dem Glaskasten lag etwas, das aussah wie ein Roboter aus Stein.

Er blieb vor dem Glaskasten stehen und las, was auf dem Schild stand. Er erkannte die verschnörkelte Handschrift seines Großvaters: *3,8 Millionen Jahre altes Exoskelett* stand dort.

»Das ist eines der ältesten Exoskelette, die wir gefunden haben«, sagte Iscia.

»Drei Komma acht Millionen Jahre alt?«, murmelte William ungläubig. »Wer kann das denn hergestellt haben?«

»Wir sind uns nicht ganz sicher«, sagte Iscia.

William musste an das Skelett denken, das das Institut seinem Vater geschickt hatte. Er betrachtete das alte Exoskelett und ließ seinen Blick dann über die anderen Glaskästen im Raum wandern. Er wusste nicht so recht, was er von alldem halten sollte. Wenn nur einer der Gegenstände hier echt war, müsste die gesamte Geschichte der Menschheit neu geschrieben werden. Er konnte verstehen, warum so viele verhindern wollten, dass diese Fundstücke bekannt würden.

»Es tut mir leid, dass ich dir nicht geglaubt habe«, sagte Iscia.

Er drehte sich um und sah sie an.

»Meinst du den Mann im Stein?«, fragte William.

Sie nickte.

»Du bist nicht verrückt«, sagte sie. »Ich habe etwas gehört.«

»Was hast du gehört?«, fragte William.

»Ich habe Gerüchte gehört, dass vor einigen Tagen in Oxford etwas Seltsames passiert ist«, sagte sie.

»Etwas Seltsames?«, fragte William.

»Ja. Im Wissenschaftshistorischen Museum.«

»Was denn?«

»Ich weiß nicht so genau.« Sie senkte die Stimme, wie aus Angst, jemand könnte sie hören. »Einige von diesen Gegenständen sind aus dem Museum in Oxford hergebracht worden. Um dort Platz zu schaffen.«

»Wofür denn Platz?«, fragte William.

»Ich weiß nur, dass sie in dem Bunker unter London etwas gefunden haben«, sagte Iscia.

Der Bunker unter London. Obwohl William versucht hatte, den Ort zu vergessen, musste er doch jeden Tag daran denken, was dort geschehen war. Dass Abraham Talley vor mehr als hundert Jahren dort unten das Luridium entdeckt hatte und wie es ihm dann gelungen war, auch William nach dort unten zu locken, um ihm das Luridium aus dem Körper zu saugen.

William schauderte und er sah schnell wieder Iscia an.

»Ja ... und?«, fragte er.

»Das Institut besitzt im Keller des Wissenschaftshistorischen Museums einen angeblich einbruchssicheren Spezialtresor. Einige der umstrittensten Gegenstände, die sich jetzt hier befinden, zum Beispiel das Exoskelett, waren dort gelagert. Aber trotzdem kam es dort zu einem Zwischenfall. Vor drei Tagen.«

»Du weißt aber nicht, was genau passiert ist?«, fragte William.

Sie schüttelte den Kopf.

»Vor drei Tagen«, sagte William und überlegte. »Da hatte ich meinen ersten Anfall.«

Er sah Iscia an.

»Es gibt etwas, das das Institut dir verschweigt«, sagte sie mit ernster Miene.

19

William verspürte plötzlich ein leichtes Ziehen im Magen.

Aber es fühlte sich nicht an wie ein Anfall. Im Gegenteil. Es war dasselbe Gefühl, das er hatte, wenn er vor einem Code stand. Plötzlich schien eine unsichtbare Kraft an ihm zu ziehen, und er setzte sich in Bewegung.

»Wohin willst du?«, hörte er Iscia fragen.

»Ich weiß nicht«, antwortete er.

Er ging wieder zwischen den verschiedenen Glaskästen durch, bis er die Mitte des Saales und das gewaltige Skelett aus Ägypten erreicht hatte. Dort blieb er stehen und starrte auf etwas, das sich auf dem Glaskasten befand.

»War der da schon die ganze Zeit hier?«, fragte er.

»Was denn?«, fragte Iscia.

»Der da«, sagte William und zeigte auf einen Orbis, der mitten auf dem länglichen Schaukasten lag.

Iscia runzelte die Stirn.

»Glaub ich nicht«, sagte sie. »Ich seh den jetzt zum ersten Mal.«

William trat näher an den Schaukasten heran.

»Vorsicht«, warnte Iscia.

William betrachtete den Orbis, ohne ihn anzurühren.

Er war nicht größer als die Orben, die bei seinem ersten Aufenthalt hier im Institut ausgeteilt worden waren. Aber dieser war übersät von kleinen Schrammen und Beulen und sah sehr alt aus.

Er hätte ihn gern in die Hand genommen, riss sich aber zusammen. Slapperton hatte ihm strengstens verboten, irgendwelche Codes zu lösen, solange sie noch nicht wussten, was Williams Anfälle auslöste.

»Was macht der denn hier?«, fragte plötzlich eine Stimme hinter ihnen.

William fuhr herum und sah, wie Freddy gerade die letzten Stufen der Leiter hinuntersprang.

Iscia trat neben William. Freddy kam auf sie zu und starrte William wütend an.

»Du weißt doch, dass wir niemanden hierher mitnehmen dürfen. Das hier ist kein Spiel mehr«, sagte er zu Iscia und starrte William weiter an. »Das hier ist Ernst.«

Iscia gab keine Antwort.

»Ich bring dich zurück«, sagte sie leise zu William und gab ihm ein Zeichen, ihr zu folgen.

»Und was ist damit?«, fragte Freddy.

»Womit?«, fragte Iscia und blieb stehen.

»Damit«, sagte Freddy und zeigte auf den alten Orbis oben auf dem Glaskasten mit dem Riesenskelett.

»Weiß nicht«, sagte Iscia. »Ich dachte, du hättest den vielleicht ganz offiziell hier reingebracht?«

»Nein«, sagte Freddy. »Ich seh den zum ersten Mal.« Er blieb eine Weile stehen und musterte den Orbis, dann hob er ihn vorsichtig hoch und drehte sich zu William und Iscia um.

»Alle Orben im Institut sind eingezogen worden«, murmelte er und richtete seine kleinen Augen auf William. »Wusstest du das?«

William nickte.

»Der sieht nicht aus wie ein Trainingsorbis«, sagte Iscia. »Er sieht echt aus. Leg ihn wieder hin.«

»Warum denn?«, fragte Freddy. »Wir können ihn doch aktivieren und sehen, was passiert.« Er nickte William zu.

»Mal sehen, ob du das schaffst.«

»Lass den Quatsch, Freddy«, sagte Iscia genervt und versuchte, ihm den Orbis wegzunehmen. Aber Freddy ließ ihn nicht los.

»Was sagst du, William?«, fragte Freddy. »Willst du es probieren? Der ist sicher so alt, dass er gar nicht mehr funktioniert.«

»Hör nicht auf ihn, William«, sagte Iscia und zog ihn am Arm.

Aber William blieb stehen. Der alte Orbis schien ihn zu sich zu ziehen. Er merkte, dass die Schwingungen in seinem Bauch wieder eingesetzt hatten.

Nach allem, was in letzter Zeit schiefgegangen war, wollte er sich selbst und den beiden anderen nun unbedingt beweisen, dass er noch immer seine besonderen Fähigkeiten besaß. Ruhig nahm er Freddy den Orbis aus der Hand. Der Orbis fühlte sich schwer und kalt an und war so groß wie ein Tennisball. William spürte, wie sich die Vibrationen an seinem Rückgrat entlang ausbreiteten, sowie er ihn berührt hatte.

»William?«, hörte er Iscia fragen.

Aber es war zu spät. Ihre Stimme schien schon von weit her zu kommen. William fühlte, wie die alte Kraft von ihm Besitz ergriff, und er wollte sehen, was der Orbis konnte.

Seine Finger machten sich an die Arbeit. Anfangs war es gar nicht so leicht, die unterschiedlichen Teile zu verschieben. Der Orbis war offenbar schon lange nicht mehr benutzt worden. Aber je länger William daran drehte und wendete, umso leichter ließen sich die einzelnen Teile bewegen. *Klick ... klick ... klick,* machte der Orbis. Schneller und schneller.

William schaute zu Freddy hoch. Danach sah er Iscia an, die seinen Blick mit besorgter Miene erwiderte.

Plötzlich hatte er das Gefühl, wieder zu sich zu kommen. Was machte er hier nur? Sie wussten doch gar nichts über diesen Orbis oder darüber, wozu er imstande war.

William schaute unsicher seine Finger an, die sich blitzschnell über den Orbis bewegten. Er versuchte, sie aufzuhalten, sie zum Loslassen zu bringen, aber sie machten einfach immer weiter. Sie wollten ihm einfach nicht gehorchen. William gab sich noch mehr Mühe. Er zog seine eine Hand mit aller Kraft zurück und der Orbis fiel zu Boden.

William starrte den Orbis an, der unbeweglich vor ihm auf dem Steinboden lag.

»Wenn der kaputt ist, ist das deine Schuld«, sagte Freddy. »Der ist uralt und sicher unbezahlbar.«

»Aber du hast William doch herausgefordert, du Idiot«, sagte Iscia. »Komm, William. Ehe er dich zu anderen Dummheiten anstiftet.«

Plötzlich fing der Orbis an zu vibrieren. *Brrrrrr* ..., sagte er und es klang wie ein Trommelwirbel.

»Was ist denn jetzt los?«, fragte Freddy und wich zurück.

»Weiß nicht«, sagte William.

Der Orbis vibrierte immer stärker. Das Brummen wurde lauter.

»Wenn der so weitermacht, schlägt er gleich ein Loch in den Boden«, sagte Freddy.

»Seht mal ... der hebt ab«, sagte Iscia mit großen Augen.

Und richtig.

Der Orbis hob langsam vom Boden ab und stieg aufwärts. Auf Höhe von Williams Kopf hielt er inne und blieb in der Luft hängen.

»Das gefällt mir nicht«, sagte Freddy. »Sollen wir jemanden holen?«

»Wen denn ... deine Mutter?«, fragte Iscia gereizt. »Das hier ist deine Schuld.«

»Wir hauen ab«, sagte Freddy und setzte sich in Bewegung.

»Wir können den Orbis doch nicht einfach so sich selbst überlassen«, protestierte William.

»Dann schalt ihn doch aus«, sagte Freddy. Er klang fast verzweifelt.

»Ich glaube, das geht nicht«, sagte William.

Er blieb stehen und überlegte, dann stutzte er. Etwas stimmte hier nicht. Er hob seine Hände und sah sie an. Dann konzentrierte er sich auf den Rest seines Körpers. Nein. Vielleicht irrte er sich ja doch. Er sah Iscia an.

»Vielleicht sollten wir doch irgendwem Bescheid sagen?«, schlug er vor.

Der Orbis, der noch immer vor ihnen schwebte, vibrierte heftiger und heftiger. Er gab jetzt laute Pieptöne von sich. Das Geräusch erinnerte an die Schallkanone in Slappertons Labor.

Dann bemerkte William die Kälte, die sich von seinem Bauch aus langsam im ganzen Körper ausbreitete, die stechenden Kopfschmerzen. Und er wusste, dass ihm einer dieser scheußlichen Anfälle direkt bevorstand.

Er drehte sich zu Iscia um. »Macht, dass ihr hier wegkommt … und holt Slapperton. Schnell.«

»Was?«, fragte Iscia verständnislos. »Wovon redest du da?«

»Er hat gesagt, ›macht, dass ihr wegkommt‹«, sagte Freddy, der schon auf die Leiter zulief.

Von den Schaukästen um sie herum war ein leises Knacken zu hören. William sah sich um. Er schaute auf seine Füße hinunter und spürte, wie sein Körper vom Boden abhob.

»Hilfe!«, rief Freddy. Auch er hatte angefangen zu schweben.

»Der kehrt die Schwerkraft um«, rief William und zeigte auf den schwebenden Orbis. »Er wird alles hier drinnen zerstören.«

»Aber die Schaukästen sind am Boden festgeschraubt«, rief Iscia über den Lärm hinweg.

Sie hing mit dem Kopf nach unten da und hielt sich am Rand eines Glaskastens fest. William schwebte bereits mehrere Meter über dem Boden. Er suchte verzweifelt nach etwas, woran er sich festhalten könnte.

»Macht, dass ihr rauskommt«, rief er noch einmal.

Er merkte, dass der Anfall jetzt unmittelbar bevorstand, denn die Kälte hatte bereits seine Hände erreicht. Es fiel ihm sehr schwer, bei Bewusstsein zu bleiben, und er konnte sich kaum noch bewegen. Sein Körper schien im selben Rhythmus zu vibrieren wie der Orbis.

»Was ist denn mit dir los?«, hörte er Iscia rufen.

Aber William konnte nicht antworten. Alles um ihn herum verschwamm.

Plötzlich war alles in grelles Licht getaucht. Und er befand sich wieder auf der Autobahn.

»PAPA?«, rief er.

Aber sein Vater schien ihn auch diesmal nicht hören zu können.

William ließ seinen Blick zur Rückbank wandern. Und diesmal sah er, wer dort saß.

Ein kleiner Junge. In einem Kindersitz.

Das war er selbst.

William starrte sich selbst an. Dann hörte er das Dröhnen eines kräftigen Motors, schaute auf und entdeckte einen riesigen Lastwagen, der in hohem Tempo auf sie zuschoss. Es sah nicht so aus, als würde der Lastwagen anhalten wollen.

Plötzlich verstand William. Er wusste, was er hier sah.

Er musste seinen Vater warnen.

»Papa«, rief er und klopfte gegen das Wagenfenster. »RAUS AUS DEM AUTO!«

20

»William ... William ...«

William erkannte Goffmans Stimme sofort.

»Sieh mich an«, befahl Goffman.

William versuchte seine Gedanken zu ordnen. Wo war er überhaupt? Da war etwas mit einem Orbis gewesen ... mit Schwerelosigkeit ... und mit einem Zusammenstoß.

Er blinzelte und schaute sich um. Er lag in einem Bett.

Aber nicht in seinem Zimmer. Dieser Raum hier war viel größer. Und ganz weiß. Er zählte zwölf Betten, an jeder Längsseite sechs. Er entdeckte die beiden Chauffeure, die ein Stück weiter weg standen und ihn missmutig anstarrten.

William versuchte sich aufzusetzen, sank aber gleich wieder zurück ins Bett. Er hatte furchtbare Kopfschmerzen. Als er sich an die Stirn fasste, bemerkte er ein großes Pflaster.

»Was ist passiert?«, stöhnte er.

»Ich hatte gehofft, du könntest mir das erzählen«, sagte Goffman.

William hörte an seiner Stimme, dass Goffman nicht gerade zufrieden mit ihm war.

»Fast alles unten im Depot ist zerstört worden«, fügte er hinzu.

William drehte den Kopf und entdeckte Goffmans hochgewachsene Gestalt neben seinem Bett.

»Zerstört?«, fragte er verwirrt.

»Ja, zerstört«, antwortete Goffman.

»Iscia ... und Freddy?«, stammelte William. »Was ist mit Iscia?«

»Die werden es überleben«, sagte Goffman. »Und das wirst du auch.«

Er beugte sich über das Bett und starrte William an.

»Erzähl mir, was passiert ist«, befahl er. Seine Stimme war todernst.

William sah zu den beiden Chauffeuren hinüber. Die machten ihn nur noch nervöser.

»Müssen die beiden hier sein?«, fragte er.

Goffman nickte den beiden zu. Sie drehten sich um und verließen das Zimmer. Goffman wartete eine Weile schweigend ab.

»Ist wirklich alles zerstört?«, fragte William leise.

»Fast alles«, antwortete Goffman.

»Was ist mit dem Riesenskelett?«, fragte William und versuchte, sich im Bett aufzusetzen. Diesmal gelang es ihm.

Goffman nickte. »Zerstört.«

William schloss die Augen. Er konnte es nicht glauben. Er hatte einige der wertvollsten Gegenstände aller Zeiten vernichtet. Dinge, die Leute unter Einsatz ihres Lebens gerettet hatten. Aber er hatte das doch nicht gewollt – was war bloß passiert?

»Er war da unten«, sagte William. »Zwischen all den anderen Gegenständen.«

»Was meinst du?«, fragte Goffman.

»Der Orbis«, sagte William.

»Der Orbis ...«, wiederholte Goffman und kratzte sich mit sehnigen Fingern am Kopf. »Ich verstehe das nicht ...«

»Was verstehen Sie nicht?«, fragte William.

»Iscia hat auch davon gesprochen«, murmelte Goffman. »Dass da unten ein Orbis war.«

»Ja?«, fragte William.

Goffman ließ sich nachdenklich in einen Sessel neben dem Bett sinken. Dann schwieg er erst einmal.

»Alle Gegenstände, die da unten aufbewahrt wurden, sind genauestens katalogisiert worden«, sagte er endlich. »Ein Orbis ist nirgends erwähnt.«

»Nicht?«, fragte William.

»Wenn es stimmt, was ihr erzählt ... dann muss irgendwer ihn dort unten eingeschmuggelt haben«, sagte Goffman und sah William ins Gesicht.

»Und jetzt ist er verschwunden?«, fragte William.

»Ja«, sagte Goffman.

In Goffmans Jackentasche klingelte es. Er fischte ein Telefon heraus, hielt es sich ans Ohr und lauschte.

»Na gut«, sagte er. »Ich komme.«

Er stand auf und steckte das Telefon wieder in die Tasche.

»Du musst bis auf Weiteres hierbleiben«, sagte er zu William.

Dann drehte er sich um und verließ das Zimmer ohne ein weiteres Wort.

William blieb liegen und schaute zur Decke hoch.

Seine Gedanken wanderten zurück zu seinen Erlebnissen während des Anfalls. Konnte das, was er gesehen hatte, der Unfall von damals gewesen sein, bei dem er sich das Rückgrat gebrochen hatte und bei dem sein Vater gelähmt worden war? Aber er hatte doch gar keine Erinnerungen daran. Er war damals noch viel zu klein gewesen, erst vier Jahre alt. Wieder sah er den großen Lastwagen vor sich, der auf sie zugeschossen kam. Es hatte fast so ausgesehen, als *wolle* er sie treffen.

William schloss die Augen und versuchte an etwas anderes zu denken. Wo war Iscia jetzt? Er hoffte, dass ihr nichts Schlimmes passiert war.

»William«, sagte eine heisere Stimme irgendwo im Zimmer.

Eine lähmende Furcht breitete sich in seinem Körper aus. Er öffnete die Augen und entdeckte eine Gestalt neben dem Fenster.

Es war dieselbe Frau, die schon zweimal wie aus dem Nichts aufgetaucht war. Sie bleckte mit einem grauenhaften Grinsen ihre gelben Zähne. In der einen Hand hielt sie wieder die runde Ledertasche.

Sie hob den mechanischen Arm und drückte auf einige Knöpfe. Dann verschwand sie, nur um gleich darauf neben seinem Bett wiederaufzutauchen. William fuhr erschrocken zurück und knallte mit dem Kopf gegen das Bettgestell.

»Was sind Sie eigentlich ...«, fragte er dann. »Eine Halluzination?«

»Nein«, sagte die Frau und schlug mit ihrer mechanischen Hand gegen die Bettkante. »Aber das hier erlaubt mir, die unmöglichsten Dinge zu tun. Es ist eine überaus fortgeschrittene und zugleich uralte Technologie.«

William nahm seinen ganzen Mut zusammen und blickte in ihre wahnsinnigen Augen.

»Was wollen Sie?«

»Was ich will?«, fragte die Frau und ging langsam um sein Bett herum. Sie blieb gleich neben ihm stehen und setzte sich auf die Bettkante. »Ich habe schon bekommen, was ich wollte.«

William spürte eine Art Kälte, die von ihr auszugehen schien. Er presste sich noch enger an das Bettgestell. Er wollte nur noch weg von dieser Frau.

»Was haben Sie denn bekommen?«, fragte er.

Die Frau hob ihre Ledertasche hoch und stellte sie sich auf den Schoß. Sie öffnete sie und nahm etwas heraus, das William sofort erkannte.

»Der Orbis?«, rutschte es ihm heraus.

Es war der Orbis, mit dem Freddy ihn unten im Depot für unmögliche Archäologie herausgefordert hatte.

»Sie haben ihn dort hingebracht«, sagte William.

Die Frau nickte.

»Ich brauchte dich, um ihn zu aktivieren. In deinem Zimmer sind wir unterbrochen worden, also habe ich ihn unten im Depot auf das Skelett gelegt«, sagte sie und steckte den Orbis wieder in ihre Tasche. »Danke für deine Hilfe.«

»Aber warum?«

»Dieser Orbis«, sagte sie und hob die Tasche hoch, »kontrolliert das Kryptalportal im Himalaya.«

»Das Kryptalportal?«, fragte William verwirrt.

»Ich erzähle es dir, aber nur unter einer Bedingung«, sagte die Frau.

»Und die wäre?«, fragte William.

»Dass du mitkommst.«

William schaute ihre normale Hand an, die sich um den Riemen der Ledertasche schloss. Sie hielt die Tasche so fest, dass ihre Fingerknöchel weiß wurden.

»Wohin denn?«, fragte er.

»Dahin, wo Abraham Talley ist«, antwortete die Frau feierlich.

»Wie meinen Sie das?«, fragte William. »In den Keller?«

»Nein«, sagte die Frau. »Nicht in den Keller.«

»Wohin dann?«, fragte William. Seine Stimme zitterte jetzt.

»Zum Himalaya«, sagte die Frau und erhob sich. »Zum Kryptalportal.«

William blieb bewegungslos liegen und antwortete nicht. Jetzt begriff er gar nichts mehr.

»Abraham Talley ist aber nicht im Himalaya«, sagte er dann. »Er liegt eingefroren hier unten im Keller des Instituts.«

Die Frau verzog ihr Gesicht zu einem breiten Grinsen. »Bist du dir da so sicher?«, fragte sie.

William sah sie an.

»Sie haben dich belogen, William«, sagte die Frau.

Er sah sie stumm an. Sie bestätigte damit den Verdacht, den er schon längst hatte.

»Hast du etwa den Eindruck, dass sie hier Vertrauen zu dir haben?«, fragte sie.

William schüttelte den Kopf.

»Aber wenn Talley nicht hier im Institut ist ... wie ist er zum Himalaya gelangt?«, fragte er.

»Durch das Portal in Oxford«, antwortete sie.

»Das Portal?«, antwortete William. »Was denn für ein Portal?«

»Das Portal, das sie aus London dorthin verlegt haben.« Sie machte eine kurze Pause. »Bei deinen Fähigkeiten kannst du es weit bringen. Wenn du die richtige Seite wählst.«

»Und wenn ich Nein sage?« William schluckte.

Die Frau machte jetzt ein ernstes Gesicht und zielte mit der mechanischen Hand auf ihn.

»Dann wars das mit dir«, sagte sie kalt. »Und ich nehme das Einzige mit, was von dir übrig bleibt ... das Luridium.«

William hatte keine Ahnung, was er tun oder sagen sollte. Er saß wie gelähmt da.

Ein blaues Lämpchen blinkte in der mechanischen Handfläche auf.

»Dann eben nicht. Ich habe genug Zeit hier vergeudet«, sagte sie tonlos. »Wir kommen sehr gut ohne dich zurecht.«

Das Licht in ihrer Handfläche wurde stärker, und ein ohrenbetäubender Pfeifton erklang, der so laut war, dass William glaubte, seine Ohren würden gleich explodieren.

Er warf sich zur Seite, als sein Bett von einem blauen Lichtstrahl getroffen wurde, der die Matratze in Flammen aufgehen ließ.

21

William stieß gegen einen Schrank voller medizinischer Geräte, der umkippte und auf den Boden knallte.

Kartons voller Pflaster und Verbandrollen regneten auf ihn herab, während er unter das nächststehende Bett kroch und dort liegen blieb.

»Wirklich genial, sich unter einem Bett zu verstecken«, hörte er die Frau spöttisch sagen.

William lugte zu den Resten des Bettes hinüber, in dem er noch vor wenigen Sekunden gelegen hatte. Jetzt war nur noch ein Klumpen aus geschmolzenem Stahl davon übrig.

»Genauso wirst du auch enden«, sagte die heisere Frauenstimme.

William starrte ihre Lederstiefel an, als sie auf ihn zukam. *Knirk ... knirk ...*

Er konnte den schrillen Pfeifton ihrer mechanischen Hand hören, die sich für einen neuen Schuss auflud.

William schaute wieder zu seinem Bett hinüber. Der rauchende Metallklumpen, der in einen Krater im Boden hineingeschmolzen war, erinnerte ihn an etwas.

Und plötzlich begriff er.

»Sie waren das«, rief er.

»Was denn?«, fragte die Frau und blieb zwei Meter vor ihm stehen.

»Der alte Mann ... im Stein«, sagte William.

Sie lachte nur.

»Natürlich«, sagte sie. »Und jetzt mache ich dasselbe mit dir. Aber diesmal werde ich keinen Fehler begehen.«

William hörte das Geräusch der mechanischen Hand. Er versuchte, seinen Atem unter Kontrolle zu bringen, und schaute sich um. Die Tür war so weit weg, dass er sie nicht rechtzeitig erreichen würde.

Sollte er sich einfach von der Frau in den Boden brennen lassen, ohne sich zu wehren?

William entdeckte ihre Ledertasche, die ein Stück von ihm entfernt auf dem Boden stand. Ihm kam eine Idee.

»Okay, okay, ich komm mit«, rief er aus seinem Versteck.

Er blieb liegen und wartete auf ihre Reaktion.

»Haben Sie gehört, was ich gesagt habe?«, fragte er mit zitternder Stimme. Er schaute ihre Lederstiefel an, die bewegungslos vor ihm standen.

»Komm raus«, sagte sie.

William kroch unter dem Bett hervor und hob die Hände. So standen sie einander dann eine Weile gegenüber. Die Frau nahm die Sonnenbrille ab und starrte ihn aus ihren irren Augen an.

William schaute zu ihrer Ledertasche hinüber, die noch immer vor dem Bett stand. Mit einem weiten Sprung würde er es vielleicht schaffen. Er blickte zu einem der Fenster hinüber und sah dann wieder die Frau an.

»Was machen wir jetzt?«, fragte er und versuchte seine Stimme so ruhig wie möglich klingen zu lassen.

»Wir hauen ab«, sagte sie und winkte ihn zu sich.

»Wie denn?«, fragte er.

»Hiermit«, sagte sie und hob ihren mechanischen Arm. »Komm her. Und versuch ja keine Tricks.« Sie streckte William den Arm entgegen.

»Kann der uns bis zum Himalaya bringen?«, fragte William.

»Nein. Aber bis nach Oxford«, antwortete die Frau.

»Und was ist damit?«, fragte William und zeigte auf die runde Tasche.

»Gib sie mir«, sagte die Frau. »Beeil dich. Wir haben nicht viel Zeit.«

William hob die Tasche hoch und drehte sich zu der Frau um. Sie drückte auf einen Knopf an ihrem mechanischen Arm und der Piepton setzte wieder ein.

»Weg hier«, sagte sie.

Um sie herum bildete sich jetzt eine Hülle aus blauem Licht. Die Hülle wuchs immer weiter an. William ging langsam darauf zu, hielt aber inne, ehe er sie erreicht hatte.

»Worauf wartest du denn?«, fauchte die Frau. »Los.«

Alles schien in Zeitlupe abzulaufen.

William hob die Tasche und schleuderte sie wie einen Diskus durch die Luft.

»NEEEEIIIIIN …«, hörte er die Frau rufen.

Er schaute der Tasche hinterher.

Die schoss durch den Raum und traf mit voller Wucht eines

der großen Fenster. Die Fensterscheibe explodierte in einer Wolke aus Glasscherben. Die Tasche flog durch das Fenster hinaus und verschwand. William rannte zur Tür, während die Frau zum Fenster stürzte, um den Orbis zu retten. Dabei drehte sie sich um und zielte mit der mechanischen Hand auf William.

William ließ sich hinter den umgekippten Medizinschrank fallen. Der Strahl verfehlte ihn knapp und traf stattdessen den Schrank. Allerdings so hart, dass der mitsamt William über den Boden geschoben wurde und erst dicht vor der Wand zum Stillstand kam. William blieb liegen und horchte.

Er konnte nur das Geheul einer Alarmanlage draußen auf dem Gang hören. Er lugte vorsichtig über den Schrank hinweg. Die Frau war verschwunden, er war allein im Raum. Dort sah es aus, als habe eine Bombe eingeschlagen. Die Möbel lagen wild durcheinander, die Betten waren bis zur Unkenntlichkeit verbogen und einige der Schränke waren in den Boden geschmolzen. Mit großer Mühe schob William den Schrank zur Seite und kam zitternd auf die Beine.

Er blieb bewegungslos stehen und wartete. Auch wenn er nicht wusste, worauf. Es konnte nicht schaden, erst einmal abzuwarten. Er blickte an sich hinunter, um sich davon zu überzeugen, dass er unverletzt war. Er konnte kaum fassen, dass er noch lebte.

William schaute sich nervös in dem verwüsteten Raum um. Er rechnete damit, dass die Frau jeden Moment wiederauftauchen und ihn mit ihrem Strahl in den Boden schmelzen lassen würde.

Aber nichts passierte. Er schaute zur Tür hinüber. Die stand einen Spaltbreit offen. Sicher war sie vom Druck des Lichtstrahls aufgestoßen worden.

Er musste weg hier, ehe die Wacht-Oboter ihn fanden. Er musste nämlich etwas überprüfen.

Ob Abraham Talley wirklich aus dem Institut verschwunden war.

22

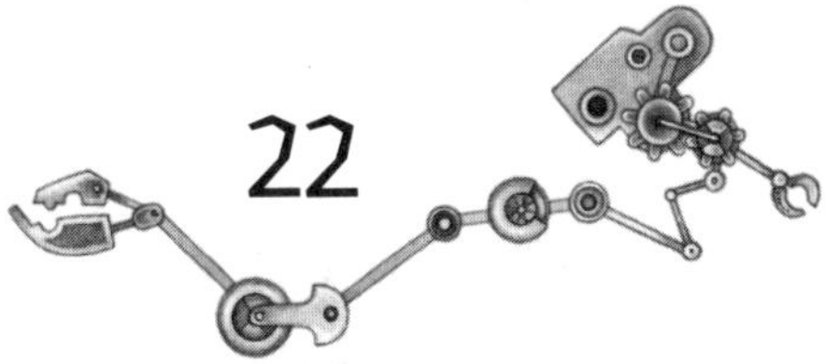

Der Gang vor dem Zimmer war leer.

William schlich sich vorsichtig weiter. Er befand sich im ersten Stock. Er musste also erst einmal in den Keller hinunter, um nach dem kryogenischen Labor suchen zu können, in dem Abraham Talley aufbewahrt wurde. Wenn jemand ihn allein und in einem zerfetzten Krankenhaushemd durch die Gänge wandern sähe, hätte er keine Chance mehr. Aber er musste feststellen, ob er Goffman und Slapperton vertrauen konnte. Hatten sie ihn die ganze Zeit belogen, wenn es um Talley ging?

Er lief die Treppen hinunter und rannte durch einen dunklen Kellergang. Er wusste jetzt, wo er war, hier hatte ihm die Frau die Schlüsselkarte gegeben. Und hier, so hatten sie ihm erzählt, wurde ja auch Abraham Talley aufbewahrt. William fürchtete nur, er könnte der Frau hier unten wieder begegnen.

Er fuhr zusammen, als er hinter sich eine Stimme hörte. »Halt! Sonst wirst du zu Passivator-Futter!«

William fuhr herum und sah einen Wacht-Oboter auf sich zukommen. Der Wacht-Oboter hatte einen Passivator auf ihn gerichtet.

»Ich ... äh ...«, stammelte William.

»Still!«, rief der Wacht-Oboter. »Und stell dich gefälligst gerade hin!«

Obwohl William nicht begriff, was seine Haltung mit der Sache zu tun haben sollte, richtete er sich auf.

»Gut so«, sagte der Wacht-Oboter und kam noch näher. »Und jetzt kannst du auf und ab hüpfen und dir auf den Bauch schlagen und dabei ›Alle meine Entchen‹ singen …«

William stutzte.

Mit dem Wacht-Oboter stimmte irgendetwas nicht. William kannte diese Art zu reden.

»Tür?«, fragte er unsicher.

Der Wacht-Oboter gab keine Antwort. Er blieb einfach stehen und starrte William an.

»Woran hast du mich erkannt?«, fragte der Wacht-Oboter schließlich und sah ein bisschen enttäuscht aus. »An ›Alle meine Entchen‹?«

»Ja«, sagte William und nickte. »Seit wann bist du ein Wacht-Oboter?«

»Hab einen Extrajob angenommen«, antwortete die Tür. »Brauchte ein bisschen Geld, um meine Finanzlage zu sanieren.«

William wusste nicht so recht, wie er jetzt die Tür nennen sollte. War sie mehr Wacht-Oboter oder mehr Tür? Aber das konnte eigentlich egal sein, er freute sich jedenfalls darüber, sie hier zu sehen. Vielleicht könnte die Tür ihm helfen.

Sie schien seine Gedanken gelesen zu haben, denn sie sagte stolz: »Jetzt musst du mich Tür-Oboter nennen.«

»Okay«, sagte William und lächelte.

»Du darfst jedenfalls nicht allein hier durch die Gänge laufen, wie du weißt«, sagte der Tür-Oboter und kam noch näher. »Vor allem nicht jetzt, seit der Alarm ausgelöst worden ist.«

»Was ist denn passiert?«, fragte William.

»Ungewöhnliche Aktivitäten oben im Krankenflügel. Alle Ausgänge sind gesperrt. Volle Einsatzstärke.«

Plötzlich füllte sich der Gang mit einem lauten, elektrischen Dröhnen. William konnte gerade noch rechtzeitig einen Schritt zur Seite treten, als eine Herde von Wacht-Obotern um die Ecke stürzte. Jeder hielt einen Passivator in seinen langen Metallarmen. Es waren so viele Wacht-Oboter, dass William sie gar nicht alle zählen konnte. Während sein Herz wie wild loshämmerte, hielt William ängstlich Ausschau nach einem Versteck.

Aber es war zu spät.

Die Wacht-Oboter hatten sie schon erreicht. Der Gang füllte sich mit dem Geheul bremsender Reifen, als alle Oboter gleichzeitig anhielten. Dann starrten sie William und den Tür-Oboter erst einmal an, bis einer von ihnen nach vorn gerollt kam und sich an den Tür-Oboter wandte.

»Probleme?«, fragte er mit tonloser Stimme und richtete seinen Passivator auf William.

»Äh ...«, stammelte der Tür-Oboter unsicher. Er schwankte unsicher vor und zurück, während seine kleinen leuchtenden Augen zwischen William und dem Wacht-Oboter hin- und herblickten.

»Ich habe alles im Griff«, stammelte er schließlich.

»Wir haben Alarmcode 11 in Sektor 7«, sagte der Wacht-Oboter.

»Ich weiß ... Sektor 7, ja. Genau«, sagte der Tür-Oboter und versuchte, so profihaft zu klingen wie überhaupt nur möglich.

»Wer ist das da?«, fragte der Wacht-Oboter und zeigte mit dem Passivator auf William.

»Das ist ... ist ...«, begann der Tür-Oboter und schaute unsicher zu William hinüber. »Das ist ...«

»Dann muss ich ihn scannen«, sagte der Wacht-Oboter ungeduldig und hob einen Stirnscanner hoch.

»Nicht nötig«, sagte der Tür-Oboter und fuhr zwischen den Wacht-Oboter und William. »Mir ist strengstens befohlen worden, ihn unverzüglich zu Fritz Goffman zu bringen.«

»Dann ist er Prioritätspaket A-13?«, fragte der Wacht-Oboter und schaute William an.

»Ja«, sagte der Tür-Oboter.

Der Wacht-Oboter starrte William weiterhin an. »Warum hast du das nicht gleich gesagt?« Dann winkte er den anderen. »Weiter, Jungs!«

William presste sich an die Wand, als die Wacht-Oboter an ihnen vorüberpreschten. So schnell, wie sie aufgetaucht waren, waren sie auch wieder verschwunden.

»Das hätte glatt schiefgehen können«, sagte der Tür-Oboter. »Aber was machst du hier eigentlich so allein im Keller?«

»Kann ich dir gegenüber ganz ehrlich sein?«, fragte William zögernd. Er warf einen raschen Blick in die Richtung, in der die Wacht-Oboter verschwunden waren.

»Von mir aus ...«, sagte der Tür-Oboter.

William zitterte noch immer, schließlich hätten ihn die Wacht-Oboter fast ertappt. Und nur dank der Tür war es nicht dazu gekommen.

»Du musst mir helfen«, sagte William. »Es ist wirklich wichtig.«

»Wobei soll ich denn helfen?«, fragte der Tür-Oboter.

Bald darauf rannte William hinter dem Tür-Oboter her durch den Gang.

»Du weißt, dass ich große Probleme kriege, wenn wir erwischt werden«, sagte der Tür-Oboter.

»Wir werden nicht erwischt, wenn du deine Sache gut machst«, sagte William. »Niemand wird auf mich aufmerksam, solange ich mit dir zusammen bin. Deine Aufgabe ist es, auf mich aufzupassen. Du verstehst doch, wie wichtig es ist, festzustellen, ob das Institut lügt, wenn es um Abraham Talley geht, oder? Und jetzt, wo alles, was es an Sicherheits-Obotern überhaupt gibt, oben im Krankenflügel ist, ist die Gelegenheit am günstigsten, Talley zu suchen.«

»Ja ... das verstehe ich ja«, sagte der Tür-Oboter. »Aber es ist trotzdem total gegen die Vorschriften.«

»Bist du sicher, dass du den Weg zum kryogenischen Labor kennst?«, fragte William.

»Ich war noch nie dort. Nicht viele gehen da freiwillig hin«, sagte der Tür-Oboter. »Eigentlich niemand.«

»Aber du weißt doch, wo es ist?«, fragte William.

»Einen Augenblick«, sagte der Tür-Oboter, ehe er plötzlich bewegungslos stehen blieb. Es wirkte fast, als ob er sich selbst ausgeschaltet hätte. Angenehme Wartemusik strömte aus einem kleinen Lautsprecher an seiner Vorderseite.

William klopfte dem Tür-Oboter mit den Fingerknöcheln auf den Kopf. »Hallo?!«

Der Tür-Oboter erwachte blinkend wieder zum Leben.

»Entschuldige, aber ich musste die gesamte Datenbank überprüfen«, sagte der Tür-Oboter. »Das kryogenische Lager ist auf der offiziellen Karte nämlich gar nicht verzeichnet. Aber ich habe die geheimen Aufzeichnungen gefunden. Ich hoffe wirklich, dass es die Mühe wert ist.« Er fuhr weiter durch den Gang.

»Das hoffe ich auch«, sagte William und gab sich alle Mühe, um den Tür-Oboter wieder einzuholen.

Er hoffte so vieles. Vor allem, dass die Frau ihm lauter Lügen über Abraham Talley erzählt hatte. Aber danach würde er Goffman oder Slapperton nicht fragen können. Er musste es allein herausfinden.

»Wie willst du denn da reinkommen?«, fragte der Tür-Oboter. »Das kryogenische Lager gehört zu den sichersten Räumen des Institutes.«

»Du kannst uns also nicht reinbringen?«, fragte William.

Diese Frage entlockte dem Tür-Oboter bloß ein metallisches Lachen. »Ich kann dir den Weg zeigen, aber ich kann dich nicht reinbringen«, sagte er. »Ich bin nicht befugt, auf diesem Niveau Türen zu öffnen. Das ist niemand. Nicht einmal Goffman oder Slapperton dürfen diesen Raum allein betreten. Beide dürfen nur gleichzeitig und mit ihren Sicherheitsschlüsseln dort hinein.«

Der Tür-Oboter schlingerte um eine Ecke und fuhr weiter. Er fuhr jetzt so schnell, dass William kaum noch Schritt halten konnte.

»Aber wie soll ich denn dann feststellen können, ob Talley noch da ist?«, fragte William. Sein ganzer Plan schien sich gerade in Luft aufzulösen.

Plötzlich blieb der Tür-Oboter stehen. William, der bei seinem hohen Tempo nicht so schnell anhalten konnte, musste sich zur Seite werfen, um nicht gegen ihn zu knallen. Der Tür-Oboter kehrte William den Rücken zu.

»Das hier bringt mir garantiert den Rausschmiss«, sagte der Tür-Oboter. »Oder schlimmer noch … ich werde zu einem Toaster oder einem Föhn umgebaut. Wie wichtig ist es für dich, da reinzukommen?«, fragte er dann.

»Sehr«, sagte William.

»Wie sehr?«, fragte der Tür-Oboter mit ernster Stimme.

»Leben-oder-Tod-sehr«, antwortete William.

Der Tür-Oboter drehte sich zu William um.

»Es kann schon sein, dass ich dich da reinbringen kann«, sagte er. »Aber dann schuldest du mir ganz schön viele Gefallen.«

23

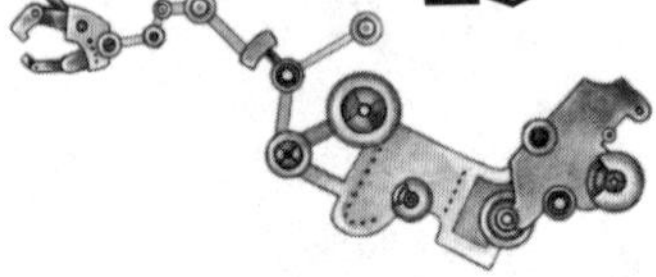

William und der Tür-Oboter standen am Ende eines langen, dunklen Ganges.

Sie befanden sich auf der untersten Ebene des scheinbar endlosen Kellersystems unter dem Institut. Der Gang wurde nur schwach von Leuchtröhren unter der Decke erhellt, sodass William nicht sehen konnte, was sich am anderen Ende befand.

»Bist du sicher, dass es hier ist?«, flüsterte William mit einem Seitenblick auf den Tür-Oboter.

»Ziemlich sicher«, sagte der Tür-Oboter tonlos. »Am Ende dieses Ganges.«

An den Wänden standen auf beiden Seiten alte Stahlkäfige mit etwas darin, das aussah wie mechanische Pflanzen.

»Sind die aus dem kybernetischen Garten?«, fragte William und nickte zum nächstbesten Käfig hinüber.

»Ja«, sagte der Tür-Oboter. »Der Garten wurde vor zwei Monaten geschlossen und die Pflanzen wurden entweder vernichtet oder hierhergebracht.«

William dachte an seine erste Begegnung mit Iscia. Das war im kybernetischen Garten gewesen. Dort hatte sie ihn gerettet, als ein mechanischer Rasen ihn verschlingen wollte.

William richtete seine Aufmerksamkeit wieder auf die Dunkelheit am anderen Ende des Ganges.

»Und was hast du jetzt vor?«, fragte er. »Wie soll ich da reinkommen?«

»Als Erstes musst du dich verstecken«, sagte der Tür-Oboter.

»Mich verstecken?«, fragte William verwirrt. »Wieso denn?«

»Also pass auf«, sagte der Tür-Oboter.

Fünf Minuten später hockte William hinter einem der alten Stahlkäfige. Er schaute skeptisch zu der mechanischen Pflanze hoch, die schlaff im Käfig hing. Reihen voller messerscharfer Stahlzähne leuchteten ihm aus dem halb offenen Mund entgegen.

Sein Herz hämmerte und er konzentrierte sich darauf, ruhig zu atmen, während er daran dachte, was der Tür-Oboter zu ihm gesagt hatte, ehe er verschwunden war: »Versteck dich hinter dem Käfig da und warte, bis du das Signal hörst.«

Die Tür hatte in den letzten vier Monaten offensichtlich noch andere Extrajobs gehabt, unter anderem den eines Wacht-Oboters vor dem kryogenischen Labor, in dem angeblich Abraham Talley eingefroren lag.

Der Plan war ziemlich einfach und doch genial. Die Tür wollte versuchen, den anderen Wacht-Oboter von seinem Posten wegzulocken, um so Goffman und Slapperton herzuholen, die als Einzige im Institut die Tür zum kryogenischen Labor öffnen konnten.

Und jetzt hockte William also allein hier in dem finsteren Gang, umringt von kybernetischen Pflanzen mit weit aufgerissenem Schlund. Die ganze Situation bereitete ihm eine Gänsehaut.

Plötzlich hörte er etwas.

Ein Summen irgendwo weiter hinten im Gang. Er schaute aus seinem Versteck hervor und war total geblendet von zwei grellen Scheinwerfern, die ihn anstrahlten. William kniff die Augen zusammen und zog sich zurück. Er hockte sich wieder hin und blinzelte hektisch, um wenigstens sehen zu können, wer da auf ihn zukam.

Er schaute genau in dem Moment hervor, als Slappertons mechanisches Luftkissenfahrzeug vorübersauste. William sah zwei Gestalten darauf sitzen.

Slapperton und Goffman.

Das Luftkissenfahrzeug verschwand in der Dunkelheit am Ende des Ganges. William wollte gerade aus seinem Versteck hervorkriechen, als ihm etwas einfiel: die Chauffeure.

Goffman war bestimmt nicht ohne seine beiden Chauffeure hergekommen. William wartete, nur sicherheitshalber. Und richtig. Jetzt hörte er Schritte, die näher kamen. Die beiden Chauffeure liefen auf den Käfig zu, hinter dem sich William versteckte. Jeder hielt einen Passivator in der Hand. Einer der Chauffeure blieb neben dem Käfig stehen, als könnte er spüren, dass William dort saß. Die kalten Augen glitten kurz über die Käfige vor der Wand, dann eilten die Chauffeure weiter.

William blieb sitzen. Plötzlich wollte er gar nicht mehr

wissen, ob Abraham Talley noch immer im kryogenischen Labor lag. Er wollte nur noch weg von hier. Er wollte weg vom Institut, weg aus England und zurück nach Norwegen. Nach Hause zu seinen Eltern.

Da hörte er einen Pfiff.

Das war das Signal der Tür. Es bedeutete, dass die kryogenische Kammer geöffnet war. Wie von einer unsichtbaren Kraft getrieben kam William auf die Beine und lief den Gang entlang. Norwegen musste warten. Nun hieß es, jetzt oder nie. Er musste einfach feststellen, ob das Institut ihn die ganze Zeit über Abraham Talley belogen hatte.

William blieb stehen, als er vor sich in dem dunklen Gang ein trübes Licht entdeckte.

Seine Augen hatten sich jetzt an die Dunkelheit gewöhnt, und er konnte Slappertons Luftkissenfahrzeug vor der offenen Tür ahnen. Weder Slapperton noch Goffman waren zu sehen, und auch die beiden Chauffeure nicht. William wagte sich vorsichtig näher. Er suchte mit Blicken den Boden vor sich nach Unebenheiten ab. Er hatte furchtbare Angst davor, entdeckt zu werden. Die Chauffeure würden, ohne zu zögern, ihre Passivatoren einsetzen. Und wenn William seit seiner Rückkehr ins Institut eins gelernt hatte, dann, dass er es hasste, passiviert zu werden.

Als William näher kam, hörte er aus dem Raum am Ende des Ganges Stimmen. Sie schienen aus den Tiefen des Labors zu kommen, also ging er weiter und blieb erst stehen, als er das Luftkissenfahrzeug erreicht hatte. Dahinter ging er in die Hocke. Er wartete eine Weile, bis er sicher war, dass keine Gefahr bestand, dann beugte er sich vor und starrte aus zusammengekniffenen Augen in den erleuchteten Raum.

Dort drinnen, zwischen Reihen länglicher Gefriertanks, standen Goffman und Slapperton. Sie schauten sich verwirrt um.

»Was ist denn los? Wer hat uns überhaupt gerufen?«, hörte Willam Goffman fragen.

»Weiß nicht«, sagte Slapperton. »Kann es falscher Alarm gewesen sein?«

»Ich habe keine Zeit für so was«, sagte Goffman jetzt. »In einer halben Stunde defragmentieren wir Pontus. Ich muss wieder zurück.«

William beugte sich noch weiter vor, um besser sehen zu können. Sein Blick glitt an den Gefriertanks entlang. Er spürte die Kälte, die ihm entgegenströmte. Kalter Dampf quoll den beiden Männern dort drinnen aus dem Mund.

Slapperton stellte sich zwischen zwei der Tanks.

»Ich kann noch immer nicht begreifen, wie sie ihn hinter unserem Rücken hier herausholen konnten«, sagte er.

»Das kann uns jetzt auch egal sein«, schnaubte Goffman gereizt und ging zurück zur Tür. »Das Wichtigste ist, ihn zurückzuholen, ehe er auftaut.«

William traute seinen Ohren nicht. Es stimmte also wirklich. Einer der Tanks war aus dem kryogenischen Labor gestohlen worden. Und William war sich sicher, wer darin lag.

Goffman war jetzt schon fast an der Tür. William wusste,

dass er verschwinden musste. Er wollte sich in die Dunkelheit zurückziehen, aber da stieß er gegen etwas.

Er schaute hoch und sah in die kalten Augen des einen rothaarigen Chauffeurs.

24

»Abraham Talley ist gar nicht mehr im Institut! Sie haben mich angelogen!«

Die Worte rutschten William einfach so heraus, als Goffman auf ihn zukam. »Setz ihn ab«, sagte Goffman zu dem Chauffeur, der William festhielt.

Goffman blieb stehen und musterte William eine Weile. Zu Williams Überraschung sah er nicht sonderlich wütend aus.

»Wenn es irgendwem gelingen könnte, mich und Slapperton dazu zu bringen, die kryogenische Kammer aufzuschließen, dann ja wohl nur dir«, sagte er und seufzte.

»Warum haben Sie mir nicht gesagt, dass er weg ist?«, fragte William. Er merkte, dass der Zorn schon wieder in ihm aufloderte.

»Dazu kommen wir später noch«, erwiderte Goffman. »Die Defragmentierung beginnt in fünf Minuten. Komm mit, es wird Zeit, dass du erfährst, was hier vor sich geht.«

Goffman drehte sich zu einer großen runden Tür um, die aussah, als ob sie in einen Tresorraum führte. Er nickte einer Kamera an der Decke darüber zu.

Von der Tür her war ein tiefes Dröhnen zu hören. Dann

fing sie an, sich zu drehen wie ein riesiges Glücksrad. Am Ende rollte sie zur Seite und verschwand wie eine Schiebetür in der Mauer.

Goffman ging durch die runde Öffnung in der Wand und winkte William zu.

»Komm«, sagte er.

William folgte ihm in eine Schleuse, die eigentlich eine kleine Kammer mit einer Tür auf der anderen Seite war.

»Heb die Hände hoch«, sagte Goffman und machte es vor.

William streckte ebenfalls die Hände in die Luft.

Eine große Luke in der Decke öffnete sich und zwei Roboterarme senkten sich herab. Sie hielten etwas, das aussah wie zwei Raumanzüge.

»Halt den Atem an, bis du ein Klicken hörst«, war das Letzte, was William von Goffman hörte, dann wurde ihm einer der Raumanzüge übergestülpt.

In dem Anzug war es stockfinster. Williams Puls beschleunigte sich.

Endlich hörte er ein *klick* und atmete tief durch.

Das Visier des Helms, das bisher pechschwarz gewesen war, wurde nun nach und nach immer durchsichtiger. William blickte sich in der kleinen Kammer um. Das Einzige, was er hören konnte, war sein Atem.

»Da lang«, sagte Goffman.

Über die Helme der beiden Raumanzüge standen sie in Funkverbindung. William trat einen Schritt vor. Das Gehen fiel ihm schwer. Woraus waren diese Raumanzüge eigentlich gemacht? Und warum mussten sie die überhaupt anziehen?

Er hatte Angst, sie könnten plötzlich in den Weltraum geschossen werden. Ihm war schon längst klar, dass hier im Institut alles möglich war. Goffman öffnete die Tür am anderen Ende der Schleuse.

Die Tür führte in eine Art Weltraumlabor. Auch hier waren die Wände mit etwas verkleidet, das aussah wie Alufolie.

Etwa ein Dutzend Menschen in ähnlichen Anzügen, wie William und Goffman sie trugen, war an allerlei Apparaten beschäftigt.

Dann entdeckte William den alten Mann aus dem Glaskäfig und starrte ihn unverwandt an.

Also hatte er doch recht gehabt.

Der alte Mann existierte wirklich.

Sein Oberkörper ragte noch immer aus dem Steinbrocken heraus. Aber etwas an ihm war jetzt anders. Er leuchtete grünlich und wirkte fast durchsichtig. Über ihm hing eine gigantische Laserkanone. Ein grünes Licht pulsierte um die Mündung, die auf den alten Mann gerichtet war.

»Der alte Pontus Dippel hat sich diesmal ja doch in eine etwas unglückliche Lage gebracht. Aber ich bin mir sicher, dass wir ihn retten können«, sagte Goffman. »Wir haben lange gebraucht, um unsere Geräte so einzustellen, dass wir ihn befreien können.«

»Das ist er ...«, stammelte William.

»Ich weiß«, sagte Goffman. »Du bist unten im Keller sozusagen über ihn gestolpert, als wir noch versucht haben, herauszufinden, wie wir ihn aus dem Stein befreien können. Es war ein Wettlauf gegen die Zeit, ihn am Leben zu erhalten.

Und bei der jetzigen Lage im Institut konnten wir dir nicht die Wahrheit sagen. Ich hoffe, das verstehst du.«

»Was ist mit ihm passiert?«, fragte William, ohne den alten Mann aus den Augen zu lassen.

»Wir glauben, dass er mit einer Art Partikeldefragmentierungsregulator beschossen worden ist«, sagte Goffman und schüttelte fassungslos den Kopf. »Es ist einfach unglaublich, dass er überlebt hat. Ich hoffe wirklich, dass er uns bald erzählen kann, wer ihn angegriffen hat.«

»Ich ...«, begann William, wurde aber von einem Mann in Raumanzug unterbrochen, der herüberkam und Goffman kurz zunickte.

»Wir sind bereit für Phase drei.«

»Gut«, sagte Goffman und nickte ebenfalls.

Ohne ein weiteres Wort machte der Mann kehrt und ging zurück zu seinem Schaltpult. Er hob die Hand als Signal für einen weiteren Mann, der über ihnen in einem Kontrollraum saß.

»Ohne Raumanzug hätten wir dieses Labor nicht betreten können. Die Anzüge sind mit strahlenresistentem Panzerblei verstärkt. Deshalb sind sie so schwer«, sagte Goffman.

Dann zeigte er auf Pontus Dippel.

»Er ist ganz einfach mit dem Fußboden verschmolzen worden. Der Strahl der Kanone da oben wird dafür sorgen, dass sich sein Körper langsam, aber sicher in einzelne Atome auflöst, damit wir ihn aus dem Stein holen können. Und danach setzen wir ihn dann wieder zusammen.«

Goffman legte eine kurze Pause ein und fügte dann hinzu:

»Nur so können wir ihn retten. Es wird sicher ein paar Nebenwirkungen geben. Der Letzte, bei dem wir das versucht haben, hatte danach ein Ohr zu viel.«

»Der Countdown beginnt«, sagte eine tonlose Frauenstimme über Lautsprecher. »Zehn ... neun ... acht ... sieben ...«

»Was passiert denn jetzt?«, fragte William.

»Das ist Phase drei«, sagte Goffman. »Die ist am kritischsten, wir versuchen jetzt, die Atome in seinem Körper voneinander zu trennen.«

»Ist das nicht gefährlich?«, fragte William und bekam eine Gänsehaut.

»Doch«, sagte Goffman.

William dachte an seine Begegnung mit der schrecklichen Frau oben im Krankenflügel. Er begriff jetzt langsam, dass ihm um ein Haar dasselbe passiert wäre wie Pontus Dippel. Und dass es sich bei dem Gerät, mit dem sie auf ihn gezeigt hatte, um eine Art Partikeldefragmentierungsregulator gehandelt hatte.

»Der Strahl besteht aus hochfrequentem Schall«, sagte Goffman und zeigte auf die große blinkende Kanone, die über dem alten Mann hing. »Das ist die gleiche Art von Technologie, die Slapperton bei dir angewandt hat. Nur hier natürlich in sehr viel größerem Maßstab.«

»Vier ... drei ... zwei ... eins ... Quantenseparation ab.«

Das Glas in Williams Helm wurde etwas dunkler, als ob es wüsste, was jetzt passieren würde.

Die riesige Schallkanone brummte leise. William merkte, dass der Boden unter seinen Füßen vibrierte.

Dann füllte sich das gesamte Labor mit einem kräftigen grünen Licht. Er spürte die Druckwellen durch seinen Schutzanzug hindurch, schloss die Augen und beugte sich vor, um nicht hinzufallen. Dann wurde es plötzlich still. Er öffnete die Augen wieder und sah zu seinem Entsetzen, dass der alte Mann verschwunden war.

»Wo ist er jetzt?«, rief William.

»Da drinnen, hoffe ich«, sagte Goffman und zeigte auf einen Glaskasten in der gegenüberliegenden Ecke.

»Zehn Sekunden bis zur Quantenverschmelzung«, sagte die Frauenstimme und zählte abermals abwärts. »Zehn ... neun ... acht ... sieben ...«

William starrte fasziniert die Konturen eines Menschen an, die langsam, aber sicher in dem Glaskasten sichtbar wurden.

»Vier ... drei ... zwei ... eins ... Verschmelzung durchgeführt«, sagte die Frauenstimme.

Dann wurde alles still.

Offenbar traute sich niemand, als Erster zum Glaskasten zu gehen und nachzusehen, ob alles gut gegangen war. Plötzlich wurde die Tür des Glaskastens aufgerissen und Pontus Dippel kam herausgestürzt.

»Wir müssen sie fangen«, rief er und fuchtelte fieberhaft mit den Armen.

Er entdeckte Goffman und lief auf ihn zu.

»Goffman ... wir müssen sie erwischen, ehe sie das Ding in Gang setzen kann!«

Goffman hob die Hände, um den alten Mann zu beruhigen.

»Alles der Reihe nach«, sagte er entschieden. »Du hast soeben eine Quantenverschmelzung durchgemacht. Du musst als Erstes zur Untersuchung in den Krankenflügel, ehe wir irgendetwas unternehmen.«

Erst jetzt sah William, was mit dem alten Mann passiert war. Sein Bart war verschwunden. Genauer gesagt ... er war nicht ganz verschwunden, er befand sich nur an einem anderen Platz als vorher. Jetzt ragte der graue Bart mitten auf Dippels Kopf in die Höhe.

Pontus Dippel ließ nicht locker. Er packte Goffman am Raumanzug, schüttelte ihn und rief dabei voller Panik: »Das war Cornelia! Ich habe sie erkannt. Cornelia Strangler ... und ich weiß, was sie vorhat!«

Dann verdrehte Pontus Dippel die Augen und sank zu Boden.

25

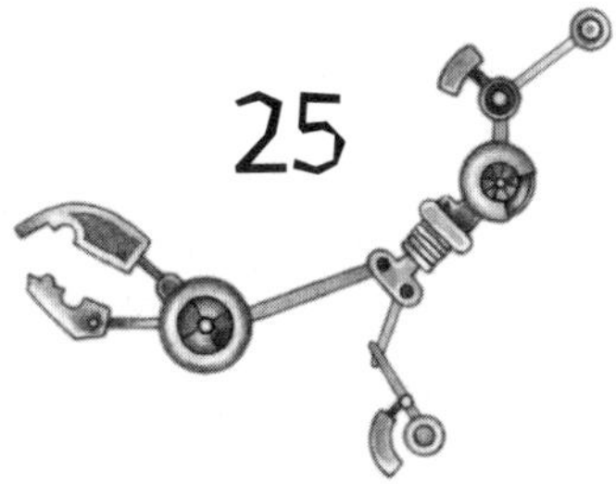

William saß Goffman gegenüber im Spezial-Rolls-Royce des Institutes.

Sie bewegten sich in hohem Tempo lautlos durch die Nacht. Draußen war es stockfinster. William sah Goffman an, der nervös in einem auf seinen Knien liegenden offenen Diplomatenkoffer wühlte. Er zog einen verblassten grauen Ordner heraus, klappte den Koffer zu und stellte ihn auf den Boden.

William schluckte und schaute zu Pontus Dippel hinüber, der neben ihm saß. Sein Bart ragte noch immer von seinem Kopf auf wie ein verwirrter Hahnenkamm.

»Wohin fahren wir?«, fragte William.

»Nach Oxford«, sagte Goffman. »Aber ich bin nicht sicher, ob wir es rechtzeitig schaffen.« Er schaute auf etwas, das aussah wie eine außergewöhnliche Armbanduhr. »Achtzehn Stunden und siebenunddreißig Minuten, bis er auftaut«, murmelte er vor sich hin.

»Bis wer auftaut?«, fragte William. »Abraham Talley?«

Goffman gab keine Antwort.

»Was ist das da?«, fragte William und zeigte auf das Gerät, das Goffman um das Handgelenk trug.

»Das ist ein kryogenischer Monitor«, antwortete Goffman. »Er steht in direkter Verbindung zu Talleys Tank.«

Er warf einen unsicheren Blick zu Pontus Dippel hinüber, aber der nickte nur in Richtung auf den Ordner, den Goffman in der Hand hielt.

»Wir brauchen ungefähr dreizehn Minuten bis Oxford. Vielleicht weniger, bei diesem Tempo. Diese Zeit können wir auch sinnvoll nutzen«, sagte Goffman und reichte William den Ordner.

William nahm ihn entgegen und las, was auf einem maschinengeschriebenen Etikett stand.

Der Wagen geriet plötzlich ins Schlingern und Goffman stieß gegen Dippel, der sich an den Türgriff klammerte. Als das Auto wieder einen sicheren Kurs fuhr, tastete der alte Mann nach dem Sicherheitsgurt und schnallte sich an.

»Cornelia Strangler?«, fragte William. »Wer ist das?«

»Sie ist schon vor vielen Jahren gestorben«, murmelte Pontus Dippel. »Aber trotzdem hat sie mich mit dem Boden verschmolzen. Es war Cornelia. Da bin ich mir sicher. Bombensicher ...«

»Mach den Ordner auf, dann siehst du sie«, sagte Goffman und zeigte darauf.

William klappte den Ordner auf und fuhr zusammen, als er das Foto auf der ersten Seite sah.

Es war das alte Schwarz-Weiß-Bild einer Frau. Er erkannte sie sofort. Sie starrte ihn mit stechendem irren Blick unter halblangen Haaren hindurch an, die fast ihr ganzes Gesicht verdeckten.

Sie war es. Die Frau, die ihn in Norwegen vor der Schule und hier im Institut verfolgt hatte. Und die ihn im Krankenflügel angegriffen hatte.

»War sie die Gestalt, die du gesehen hast?«, fragte Goffman und beugte sich vor.

William schluckte.

»Ja, das war sie«, antwortete er leise. »Ist das Cornelia Strangler?«

»Ja«, sagte Goffman. »Das ist Cornelia Strangler ... Du weißt doch noch, wie Abraham Talley das Luridium entdeckt hat?«

William nickte. Wie könnte er das je vergessen?

Abraham Talley hatte zu den ersten Arbeitern gehört, die mit der gigantischen Aufgabe betraut waren, die Tunnel zu graben, aus denen später das Londoner U-Bahn-System werden sollte. Und dort unten hatte er einen Klumpen aus einem seltsamen metallischen Material entdeckt. William konnte verstehen, warum Talley ihn aufgehoben hatte. Er hätte es wohl genauso gemacht, aus purer Neugier. Aber er konnte nicht begreifen, was Talley gleich danach getan hatte, sofort nachdem sich das Luridium in seinem Körper verteilt hatte.

Er hatte alle anderen Arbeiter, die mit ihm dort unten gewesen waren, umgebracht. Hatte sie mit seinen eigenen Händen erwürgt.

»Nachdem Talley dort unten in den Tunneln gefunden worden war, wurde er ins Krankenhaus gebracht und verschwand nur zwei Stunden später spurlos«, erzählte Goffman. »Es stellte sich heraus, dass er bei Cornelia Strangler Zuflucht gesucht hatte. Er war schwach, und sie pflegte ihn, bis es ihm wieder besser ging. Danach wurde sie sozusagen seine Assistentin.« Er legte eine kleine Pause ein.

»Wir haben lange gedacht, Cornelia Strangler sei kurz vor Ende des 19. Jahrhunderts gestorben.«

William schaute sich wieder das Bild an.

»Bis sie dann um die Mitte des 20. Jahrhunderts wiederauftauchte«, fuhr Goffman fort.

»Wie war das möglich?«, fragte William.

»Das wissen wir nicht«, antwortete Goffman und zuckte resigniert mit den Schultern. »Das ist ein großes Mysterium.«

»Talley wurde doch unsterblich, nachdem er das Luridium in sich aufgenommen hatte. Kann dasselbe auch mit ihr passiert sein?«, fragte William.

»Wir sind uns ziemlich sicher, dass sie kein Luridium in sich trägt«, antwortete Goffman.

»Wie können Sie da sicher sein?«, rief William.

»Weil wir vor dreizehn Jahren ihren einbalsamierten Leichnam in einem einsam gelegenen Kloster in Nepal gefunden haben«, erwiderte Pontus Dippel.

Goffman rutschte ein wenig auf dem Sitz hin und her. »Umblättern«, sagte er und nickte zu dem Ordner hinüber. William blätterte um. Dort fand er noch ein Bild, sehr viel neuer als das erste. Es sah aus wie mit einer Überwachungskamera aufgenommen. Es zeigte eine dunkle Gestalt, die einen großen, rechteckigen Tank auf Rädern zu schieben schien. Die Gestalt auf dem Bild war undeutlich, fast durchsichtig. Aber William erkannte den langen Ledermantel sofort.

»Ist sie das auch?«, fragte er.

»Das glauben wir zumindest ...«, sagte Goffman.

»Wo ist das aufgenommen worden?«, fragte William.

Goffman setzte sich wieder anders hin. Es schien ihm unangenehm zu sein, was er jetzt sagen musste. Abermals lugte er zu Pontus Dippel hinüber.

»Es wurde von einer Überwachungskamera im Wissenschaftshistorischen Museum in Oxford gemacht«, sagte er leise. »Und dahin sind wir jetzt unterwegs.«

»Was wollte sie denn da?«, fragte William.

»Der gesamte kryogenische Tank samt Kühlelementen, Nitrogenbehältern und Abraham Talley ist aus dem hoch gesicherten Labor im Keller des Institutes verschwunden. Direkt vor unserer Nase«, sagte Goffman und wischte sich dieselbe mit einem Taschentuch. »Wir glauben jetzt, dass sie das Portal in Oxford genutzt hat, um Talley in den Himalaya zu schicken.«

»Ein Portal ... in Oxford?«, rief William, und plötzlich fiel ihm ein, dass Cornelia Strangler bei ihrem letzten Zusammentreffen ebenfalls ein Portal erwähnt hatte.

Goffman bückte sich und zog einen weiteren Ordner aus seinem Diplomatenkoffer. Dieser Ordner sah fast neu aus. Goffman schaute wieder zu Pontus Dippel hinüber.

Der nickte mit ernster Miene.

»Besser, wir zeigen es ihm, ehe wir dort sind«, sagte er.

Goffman reichte William die Mappe.

William drehte die Mappe um und schaute sich die Vorderseite an, auf der in großen schwarzen Buchstaben ABSOLUT GEHEIM stand.

»Mach auf und sieh es dir an«, sagte Goffman.

William schlug den Ordner auf und las, was auf der ersten Seite stand.

»Kryptalportal«, las er vor. »Was ist ein Kryptalportal?«

»Nicht so laut«, flüsterte Goffman und legte den Finger an die Lippen. »Umblättern«, fügte er hinzu.

Also blätterte William um.

Auf der nächsten Seite war ein Foto. William nahm es heraus und sah es sich an. Es zeigte einen gigantischen Hula-Hoop-Ring aus Metall, neben dem Williams Großvater stand. Der Ring war offenbar doppelt so groß wie er selbst.

»Den haben wir auch in dem Bunker unter London gefunden und dann in aller Heimlichkeit in einen supersicheren Tresor in Oxford gebracht«, erklärte Goffman.

»Aber was ist das?«, fragte William.

»Das ist eine Art Teleporteur, durchaus weit entwickelt. Nur eben sehr, sehr alt«, sagte Goffman.

»Wie alt denn?«

»Das wissen wir nicht genau. Wir konnten noch keine Karbondatierung vornehmen. Aber wir rechnen damit, dass er ziemlich sicher über vierhundert Millionen Jahre alt ist.«

»Vierhundert Millionen?«, rief William und sah die beiden Männer vor sich überrascht an.

Er fuhr mit dem Finger über das Foto seines Großvaters neben dem Portal.

»Ist mein Opa jetzt da?«, fragte er hoffnungsvoll. »In Oxford?«

»Nein«, antwortete Goffman schroff.

William starrte das Bild des runden Portals an. Konnte er Goffman und den anderen jetzt wieder vertrauen? Nach allem, was sie ihm an Informationen vorenthalten hatten? Nachdem sie ihn belogen hatten?

Er schaute Goffman an. »Warum haben Sie mir Lügen über Abraham Talley erzählt?«

»Dein Großvater wollte es dir noch nicht sofort sagen«, antwortete Goffman.

»Mein Großvater?«, rief William. »Warum denn?«

»Um dich zu beschützen«, sagte Goffman. »Sofort nachdem Talley verschwunden war, hat dein Großvater dich zurück ins Institut geholt. Aber du hattest zu der Zeit Stress genug. Er meinte, es würde die Sache nicht besser machen, wenn du dazu noch erführst, dass Talley verschwunden ist.«

William fühlte sich elend. Übelkeit breitete sich in seinem Magen aus. Er kannte dieses Gefühl. Das Gefühl der Angst, die er verspürt hatte, als Talley versucht hatte, ihm im Bunker unter London das Luridium herauszupressen. Ein Gefühl der Hilflosigkeit breitete sich in seinem ganzen Körper aus, er kam sich plötzlich total erschöpft vor.

»Abraham Talley ist also wieder auf freiem Fuß«, flüsterte William und schaute in die Dunkelheit vor dem Autofenster.

»Irgendwie schon«, sagte Goffman und schaute auf seine Armbanduhr. »Aber er ist noch immer eingefroren.«

»Jetzt noch«, kommentierte Pontus Dippel kurz.

Goffman schüttelte resigniert den Kopf. »Ich hätte mir nicht im Traum vorstellen können, dass irgendwer den gesamten kryogenischen Tank klauen würde. Ich war mir sicher, an alles gedacht zu haben. Aber ich hatte nicht mit Cornelia Strangler gerechnet. Sie ist schließlich tot.«

»War tot«, korrigierte Pontus Dippel.

»Wie ist das möglich«, sagte Goffman. »Auf diese Weise von den Toten zurückzukehren?«

William griff sich an die Stirn. Sein Kopf schien explodieren zu wollen. Nachdem Talley eingefroren und im Keller des Institutes untergebracht worden war, hatte die Angst William endlich losgelassen. Aber jetzt war sie wieder da. Und sie war stärker denn je.

»Wir glauben, dass Cornelia Strangler dich benutzt hat, um das Hauptportal im Himalaya zu aktivieren«, sagte Goffman.

»Mit dem Orbis?«, fragte William. Jetzt ergab das Ganze endlich einen Sinn.

»Genau«, sagte Pontus. »Und nur du kannst es auch wieder deaktivieren. Wir müssen nach Oxford und ihr das Handwerk legen, ehe sie das Portal dort nutzen kann, um in den Himalaya zu kommen.«

»Und wenn wir das nicht schaffen?«, fragte William.

»Dann müssen wir hinfahren ... in den Himalaya«, sagte Goffman mit ernster Miene.

Auf einmal nahm William es wahr.

Ihm war kalt.

Die Kälte setzte im Magen ein, als ob er einen Eisklumpen verschluckt hätte. Ein kalter Schmerz, der sich durch seinen gesamten Körper ausbreitete. William klapperte mit den Zähnen.

Er stand kurz vor einem neuen Anfall.

»Was ist los, William?«, hörte er Goffmans Stimme. Aber er hatte schon zu große Schmerzen, um zu antworten.

William griff sich an den Bauch und krümmte sich. Kalter Schweiß lief ihm über die Stirn, und er brach auf dem Boden des Wagens zusammen. Dort blieb er liegen und zitterte unkontrolliert, während die Krämpfe durch seinen Körper wogten.

Dann konnte er nichts mehr sehen, alles um ihn herum wurde dunkel. Er klammerte sich mit beiden Händen an den Autositz. Er hörte Stimmen, verstand aber nicht, was sie sagten. Er biss die Zähne zusammen. Mach, dass es aufhört! Mach, dass es aufhört!, wiederholte er in Gedanken immer wieder.

Aber es hörte nicht auf.

Die Krämpfe wurden immer schlimmer. Bis er mit einem gewaltigen Ruck aus seinem Körper hinauskatapultiert wurde und durch die Luft schoss. Als er die Augen wieder öffnete, stand er in einer riesigen Halle. Derselben Halle, die er bei seiner ersten Sitzung bei Slapperton gesehen hatte. Die gewaltige Kugel schwebte noch immer mitten im Raum.

Er entdeckte eine Gestalt, die unter der Kugel auf dem Boden stand.

Ein Mann.

Ein Mann, den er schon einmal gesehen hatte.

Es war Abraham Talley. Und er winkte ihm zu. So als sollte William näher treten. Aber William blieb, wo er war.

Plötzlich verschwand Talley. Und eine neue Gestalt tauchte auf.

»Papa?«, rief William erschrocken.

Sein Vater lächelte ihn an und machte mit seinem Exoskelett einige Schritte auf ihn zu.

»Ich hab die Sache jetzt langsam im Griff«, sagte er stolz.

»Papa?«, rief William. Er versuchte, seinem Vater entgegenzurennen, aber seine Beine waren bleischwer und wollten ihm nicht gehorchen.

»Vergiss nicht, dass du stärker bist, als du glaubst«, sagte sein Vater und lächelte.

26

Die beiden Chauffeure halfen William aus dem Wagen und die Treppe hinauf.

Er war benommen und sein Gesicht war mit Schweiß bedeckt. Aber ihm war noch immer kalt. Das eben war sein heftigster Anfall bisher gewesen. Und jetzt fühlte er sich wie nach einem Marathonlauf.

»Ich ... ich kann selbst gehen«, stammelte er.

Die beiden Männer warteten, bis sie oben an der Treppe angekommen waren, dann erst ließen sie ihn los. William lehnte sich an die Wand. Er zitterte so schrecklich, dass er sich nur mit Mühe aufrecht halten konnte.

Die schwere Tür glitt auf und Pontus Dippel winkte ihnen. Die beiden Chauffeure gingen mit erhobenen Passivatoren zuerst hinein.

»Ich bin gleich hinter dir«, sagte Goffman und zeigte auf die Tür.

William richtete sich auf und ging los. Ihm war immer noch schwindelig. Er spürte, dass Goffman ihm eine Hand stützend in den Rücken legte, als sie durch die riesigen Eichentüren gingen.

Dippel blieb am Ende des Ganges stehen. Er gab einen

Code in ein Display an der Wand ein und legte die Hand auf einen kleinen Sensor. Ein kurzes *blipp* und die Wand glitt auf.

»Kommt«, sagte er.

Gleich darauf standen sie in einem Fahrstuhl. Die Tür schloss sich hinter ihnen und ein blaues Deckenlicht leuchtete auf.

»Willkommen, Pontus«, sagte eine angenehme Frauenstimme.

»Danke, Belinda«, erwiderte Dippel. »Ist heute sonst noch jemand Fahrstuhl gefahren?«

»Nein«, antwortete die Frauenstimme.

»Wir haben es sehr eilig«, sagte Dippel.

Der Fahrstuhl bebte, als sie so rasch nach unten schossen, dass sie fast auf den Boden gedrückt wurden.

Nach der Fahrstuhlfahrt liefen sie durch einen dunklen Gang und blieben vor einer soliden Eisentür stehen.

»Hier hat Cornelia Strangler mir aufgelauert und mich gezwungen, das Portal zu aktivieren«, erklärte Pontus.

Er runzelte plötzlich die Stirn und sah sich um. »Seltsam«, sagte er. »Hier müsste eigentlich eine Wache stehen.«

William blieb stehen, nachdem er den Raum betreten hatte.

Er hörte ein Klicken, und eine trübe Lampe gab gerade genug Licht, um ihn seine Umgebung erahnen zu lassen.

»Vorsicht«, sagte Goffman und hielt William zurück.

Sie standen am Rand eines großen viereckigen Lochs im Boden.

»Da mussten sie mich losschneiden«, sagte Pontus Dippel.

William starrte in das finstere Loch und bekam eine Gänsehaut.

»Er ist sehr lichtempfindlich«, sagte Dippel und zeigte auf einen riesigen Ring, der mitten im Raum schwebte. William blieb stehen und starrte den Ring an, der langsam vor ihnen in der Luft rotierte und dabei leise summte. Das muss das Portal sein, dachte William.

»Was ...?«, rief Dippel plötzlich.

Er zeigte auf etwas, das hinter dem Portal aus der Wand ragte. Es war so dunkel, dass William zuerst gar nichts erkannte. Der eine Chauffeur hob seinen Passivator und betätigte die Taschenlampe, die vorn an der Mündung angebracht war. Ein Bein in einer grünen Hose und mit einem schwarzen Schuh ragte aus der Wand.

»Und dort!«, rief William und zeigte auf den Oberkörper eines Mannes, der in einer Ecke aus dem Boden ragte.

»Das sind die Wachen«, sagte Dippel. »Also war sie schon hier!«

Er lief zu dem Mann, der aus dem Boden ragte, ging in die Hocke und fühlte ihm den Puls. »Er lebt noch«, rief er erleichtert.

Der Wächter stöhnte und öffnete die Augen. Er schaute sich verwirrt um, dann entdeckte er Pontus Dippel.

»Es war eine Frau ...«, sagte er mit schwacher Stimme. »Sie hatte eine ... Hand.« Mehr konnte der Mann nicht sagen, denn schon verlor er wieder das Bewusstsein.

»Sag im Institut Bescheid«, befahl Goffman und zeigte auf

einen der Chauffeure. »Sag ihnen, dass wir sofort einen tragbaren Defragmentierungsregulator brauchen. Wir kennen inzwischen die richtige Frequenz. Vielleicht können wir die beiden hier retten.«

Der Chauffeur nickte und rannte aus dem Raum.

Dippel richtete sich auf und ging zu dem Portal. Er legte die Hand an die metallische Oberfläche.

»Es ist noch warm«, sagte er mit mühsam beherrschter Stimme. »Das bedeutet, dass wir zu spät gekommen sind. Sie ist schon fort.«

»Können wir sie jetzt noch aufhalten?«, fragte Goffman und zeigte auf das Portal.

»Ich fürchte, nicht«, sagte Dippel niedergeschlagen. »Sie ist schon dort.«

»Können wir denselben Weg nehmen?«, fragte Goffman.

Pontus beugte sich ganz nah zum Ring und sah sich die Zeichnungen auf seiner Oberfläche an. Er murmelte vor sich hin, während er um den sich noch immer drehenden Ring herumwanderte.

»Ja. Vielleicht«, sagte er.

Aber plötzlich verstummte das Summen und der große Ring fiel mit lautem *klank* zu Boden. Dort blieb er liegen. Jetzt herrschte eine Grabesstille.

»Was war das?«, flüsterte William.

»Er ist deaktiviert worden ... Sie hat ihn von der anderen Seite aus deaktiviert.«

»Ist sie schon im Himalaya?«, rief William.

Dippel nickte mit ernster Miene. »Das gefällt mir nicht.«

Goffman zog sein Telefon aus der Tasche und wählte eine Nummer.

»Macht das Flugzeug bereit. Wir müssen in den Himalaya«, sagte er und legte auf.

27

Nach kurzer Fahrt hielt der Rolls-Royce auf einer großen Wiese außerhalb von Oxford.

Die beiden Chauffeure traten mitten auf die Wiese und knipsten die Taschenlampen an ihren Passivatoren an. Die Lichtstrahlen zeigten zum sternklaren Nachthimmel hoch.

William stand neben Goffman und schaute nach oben. Goffman blickte immer wieder nervös auf den kryogenischen Anzeiger an seinem Handgelenk. Jetzt waren nur noch William, Goffman und die beiden Chauffeure dabei. Pontus Dippel war im Museum geblieben, um bei der Rettung der beiden defragmentierten Wachen zu helfen.

Dann war ein fernes Dröhnen zu hören.

»Sie sind da«, sagte Goffman und zeigte nach oben.

Und plötzlich tauchte ein riesiges Flugzeug am Himmel auf und kam in hohem Tempo auf sie zugeflogen.

»Wo soll das bloß landen?«, fragte William.

»Das soll es gar nicht ...«, antwortete Goffman.

William staunte und starrte weiter zu dem großen Flugzeug hoch, das jetzt über ihnen einfach in der Luft stehen geblieben war. Es war bestimmt so lang wie ein Fußballplatz. Es hatte die Form eines riesigen Wals, war weiß wie Schnee und hatte keine Fenster. Nicht einmal vorne, dort, wo in einem normalen Flugzeug die Piloten sitzen. Unter dem Flugzeug öffnete sich eine Klappe und ein langer Metallarm mit einer Plattform daran senkte sich zu ihnen herab.

»Komm«, sagte Goffman und zog William mit sich.

Und kurze Zeit später standen William, Goffman und die beiden Chauffeure im Laderaum des Flugzeugs. Die Bodenklappe schloss sich unter ihnen und kräftige Motoren dröhnten auf.

»Jetzt fliegen wir in den Himalaya«, sagte Goffman. »Wir sind auf so ziemlich alles vorbereitet. Das da ist zum Beispiel ein Schnee-Evaporator.« Goffman zeigte auf einen Apparat von der Größe einer Schubkarre. Er hatte zwei Räder und eine Art Trompetenspitze. »Und das da sind die Rettungskapseln.« Goffman zeigte auf zwei gläserne Kugeln, die vor einer großen Tür an der Wand standen.

»Rettungskapseln?«, wiederholte William.

»Falls etwas passiert ... mit dem Flugzeug«, sagte Goffman.

»Rettungskapseln aus Glas?«, sagte William. »Eine seltsame Idee.«

»Das ist Panzerglas«, sagte Goffman.

»Und die da?«, fragte William und zeigte auf eine Reihe Raumanzüge an der Wand.

»Der letzte Prototyp unserer Ultraanzüge. Auf dieses Modell sind wir wirklich stolz«, sagte Goffman.

William ging zu den Anzügen hinüber. »Und was können die?«, fragte er.

»Sie bestehen aus einem intelligenten Material, das weich

oder hart werden kann, je nachdem, in welcher Umgebung sich der Träger gerade befindet«, sagte Goffman. »Und selbst die Schuhsohlen verändern sich und passen sich dem Boden an, über den man geht.«

William fuhr mit den Fingern über den Stoff. Er merkte, dass sich dessen Beschaffenheit unter seiner Berührung veränderte. »Cool«, murmelte er vor sich hin.

»Willkommen, Herr Goffman«, sagte eine Stimme hinter ihnen.

»Danke«, antwortete Goffman.

William drehte sich um und entdeckte einen viereckigen Roboter von der Größe einer Bierkiste. Der Roboter schaute aus einem großen Kugelauge zu ihnen auf.

»Ich führe Sie zu Ihren Zimmern. Wir essen in einunddreißig Minuten«, sagte die seltsame Kiste. »Mir nach.«

Goffman folgte dem davonhumpelnden Roboter.

»Jetzt, wo Sie hier sind«, sagte der Roboter und schaute aus seinem großen Auge zu Goffman hoch, »habe ich ein paar Dinge, über die ich gern mit Ihnen reden möchte.«

»Ach ja? Was denn?«, fragte Goffman.

»Ich brauche einen Namen. Ich hab es satt, keinen Namen zu haben«, sagte die Kiste.

»Bis auf Weiteres nennen wir dich Beta. Das muss reichen. Du bist ja noch nicht einmal patentiert«, sagte Goffman. »Du bist ganz einfach noch nicht fertig.«

»Falls ich einen Änderungsvorschlag machen darf, wenn es um die Form geht«, sagte Beta. »Rund wäre vielleicht praktischer. Dann könnte ich rollen. Oder Räder vielleicht?«

»Wir werden sehen«, sagte Goffman und drehte sich zu William um. »Du hast eine eigene Kabine. Ich möchte dir wirklich raten, nachher ein bisschen zu schlafen. Der Flug dauert ja nicht lange. Beta zeigt dir den Weg.«

»Mir nach«, sagte Beta und huckelte wie ein riesiger Würfel über den Metallboden.

Er führte William in eine geräumige Kabine, und William sah sich um. Es gab ein Bett, ein kleines Sofa, einen Schreibtisch und an der Wand einen Flachbildschirm. Der Schirm zeigte einen dunklen Nachthimmel.

William trat vor den Bildschirm und sah ihn sich genauer an.

»Das Flugzeug hat keine Fenster. Deshalb hat jedes Zimmer einen Bildschirm, der zeigt, was draußen vor sich geht«, sagte Beta. »Manche Menschen bekommen Klaustrophobie, wenn sie nicht hinausblicken können. Die Bildschirme sind da eine Hilfe.«

»Cool«, sagte William.

»Es wird noch cooler«, sagte Beta. »In fünfzehn Minuten verlassen wir die Atmosphäre und sind im Prinzip draußen im All.«

»Im Weltall?«, rief William und starrte den Roboter an.

»Jepp«, sagte Beta. »Das geht viel schneller, sozusagen kein Luftwiderstand. Wie eine Reise im Vakuum. Normale Flugzeuge brauchen zwölf Stunden. Wir schaffen es sehr viel schneller.«

»Wow«, sagte William beeindruckt und warf einen Blick auf den Bildschirm, der zeigte, wie der dunkle Himmel nach und nach schwärzer wurde, je höher sie in der Erdatmosphäre kamen.

»Beeil dich, vor dem Essen gibt es in der Messe noch eine Besprechung«, teilte Beta mit und ruckelte rückwärts aus dem Raum.

28

»Da bist du endlich«, rief Goffman, als William die Messe betrat. »Dann wären wir ja vollzählig.«

Goffman zeigte auf zwei weitere Personen, die bereits mit dem Rücken zur Tür am Tisch saßen. Eine drehte sich um und lächelte William an.

»Iscia!«, rief William. »Was machst du hier?«

»Was glaubst du denn?«, fragte Iscia. »Wir kommen natürlich mit.«

»Wir?«, fragte William und sah die andere Person an, die ihm noch immer den Rücken zukehrte. Und nun wusste er, wer das war.

Freddy drehte sich um und lächelte ihn freundlich an. Aber William konnte das Lächeln trotzdem nicht erwidern. Er blieb stehen, verwirrt von den gemischten Gefühlen, die ihn bestürmten. Einerseits freute er sich wahnsinnig, Iscia hier zu sehen. Aber andererseits ... Freddy.

»Setz dich erst mal«, sagte Goffman zu William. »Am besten sagst du sofort, was du essen möchtest.«

William ging zu dem einzigen freien Stuhl, gleich neben Freddy. Er zögerte.

Freddy erhob sich und streckte ihm die Hand hin.

»William. Wie schön, dich zu sehen«, sagte er.

»Ja?« war das Einzige, was William herausbrachte.

Freddy lächelte und hielt ihm noch immer die Hand hin.

»Nun gib ihm schon die Hand«, flüsterte Iscia.

Verwirrt nahm er Freddys Hand und drückte sie.

»Was darf es sein?«, fragte eine tonlose Stimme hinter ihm.

William drehte sich um und entdeckte einen Servier-Oboter, der jetzt neben ihn trat.

»Also, was willst du essen?«, drängte der Servier-Oboter.

»Nimm die Frikadellen«, sagte Freddy. »Die sind richtig gut.«

William blieb unschlüssig stehen. Er war noch immer viel zu verwirrt, um sich mit Frikadellen beschäftigen zu können.

»Frikadellen, sehr wohl«, sagte der Servier-Oboter und fuhr davon.

»Setz dich«, sagte Freddy und schob ihm den freien Stuhl hin.

William setzte sich und schaute hinüber zu Goffman, der sich räusperte und eine Fernbedienung aus der Tasche zog. Er drückte auf einen Knopf, und das Hologramm eines goldenen Rings tauchte gleich über der Tischplatte in der Luft auf.

»Alle wissen, was das ist?«, fragte Goffman.

»Ein tragbares Semiportal«, sagte Freddy. »Das ist einer der vier Eingänge zum Kryptalportal im Himalaya.«

»Korrekt«, sagte Goffman und klopfte Freddy auf die Schulter. »Das ist eine genaue Kopie des Semiportals, das sich im Wissenschaftshistorischen Museum in Oxford befindet. Wir wissen, dass es insgesamt vier solcher Semiportale gibt.«

»Wie viele habt ihr schon ausfindig gemacht?«, fragte Iscia.

»Nur dieses hier«, sagte Goffman und zeigte auf das Hologramm.

»Und was bewirkt es?«, fragte Iscia.

»Unter anderem löst es die Anfälle aus, die William gequält haben«, sagte Goffman.

William war so baff, dass er fast vom Stuhl gefallen wäre.

»Wirklich?«, rief er.

»Ja«, sagte Goffman. »Slapperton hat die Schwingungen gemessen, als Cornelia Strangler heute das Portal benutzt hat. Demnach hat das Portal die Schallwellen ausgesandt, die deine Anfälle hervorgerufen haben.«

»Ich hatte also immer dann einen Anfall, wenn sie das Portal benutzt hat?«, fragte William.

Goffman nickte.

»Auch bei der Fernsehsendung und in der Schule und …« William dachte an die anderen Anfälle zurück.

»In jedem einzelnen Fall«, sagte Goffman.

Die kleine Gruppe saß eine Weile schweigend da.

»Und wie viele Kryptalportale gibt es?«, fragte schließlich Freddy.

»Nur eins«, sagte Goffman. »Wir wissen, wo es sich befindet, aber noch nicht, wie es aussieht. Wir waren noch nicht da.«

»Aber was bewirkt so ein Kryptalportal?«, fragte Iscia.

Goffman kratzte sich am Kinn, während er zu dem über dem Tisch rotierenden Hologramm hinüberschaute.

»Wir wissen noch nicht genug darüber«, begann er und

räusperte sich. »Aber wir glauben, dass es vor über vierhundert Millionen Jahren benutzt wurde, um die Erde zu evakuieren.«

»Von wem denn?«, fragte William. »Vor so langer Zeit gab es doch noch gar keine Menschen auf der Erde.«

»Das wissen wir nicht so genau«, sagte Goffman.

William sah die Enttäuschung in Goffmans Augen. Er war keiner, der sich damit zufriedengab, etwas nicht zu wissen.

»Und jetzt will Cornelia Strangler das Kryptalportal benutzen, um Talley von hier wegzuschicken?«, fragte William.

»Ja«, antwortete Goffman. »Aber wir wissen nicht, wohin ... Ich kann mir nicht vorstellen, dass er zu denen will, die damals vermutlich vor dem Luridium geflohen sind. Wo er selbst doch voller Luridium steckt, da kann er nicht gerade mit einem herzlichen Empfang rechnen.«

William kam ein Gedanke. Zuerst kam ihm dieser Gedanke ziemlich dumm vor und er wollte ihn gleich wieder wegschieben. Aber je länger er darüber nachdachte, umso beängstigender wurde er. Er schaute zu Goffman hoch.

»Was, wenn damals nicht die Menschen die Erde verlassen haben?«, sagte er. »Sondern das Luridium? Oder Menschen wie ...« William zögerte kurz, ehe er hinzufügte: »Wie ich und ... Talley?«

Goffman hielt inne. Er blieb bewegungslos sitzen und wurde ganz weiß im Gesicht.

»Das ist eine ...«, sagte Goffman und schluckte, »eine Theorie, mit der wir uns auch schon beschäftigt haben«, fügte er hinzu. »Eine überaus ... beängstigende Theorie.«

29

Erst als William wieder in seiner Kabine war, packte ihn die Angst so richtig.

Goffmans Reaktion auf seine Theorie war überaus erschreckend gewesen.

Er konnte noch immer die Furcht in Goffmans Augen vor sich sehen. Allein der Gedanke, dass noch mehr Menschen voller Luridium zurück auf die Erde gelangen könnten, machte ihm eine Höllenangst.

William fuhr zusammen, als plötzlich angeklopft wurde. Die Tür ging auf und Iscia schaute herein.

»Darf ich reinkommen?«, fragte sie.

William nickte, und Iscia zog vorsichtig die Tür hinter sich zu.

»Du hast eine größere Kabine als ich«, sagte sie und setzte sich auf sein Bett. Sie hüpfte auf und ab, um die Matratze zu testen. »Und auch ein besseres Bett.«

William wusste nicht, was er sagen sollte. Wie konnte sie jetzt über Betten und Kabinen reden?

»Dieses Flugzeug gefällt mir«, sagte Iscia und lächelte. »Schade, dass wir nicht länger unterwegs sind.«

Sie schaute sich kurz im Zimmer um.

»Wie geht es dir?«, fragte sie und sah auf das große Pflaster, das noch immer auf seiner Stirn klebte.

»Gut«, sagte er.

»Du hast ja fast das ganze Depot des Instituts verwüstet«, sagte Iscia jetzt. »Unglaublich, dass sie dich nicht gleich nach Hause geschickt haben.«

Das Flugzeug schaukelte ein wenig und Iscia hielt sich am Bett fest.

»Ich hasse Turbulenzen«, sagte sie und schaute sich nervös um. »Ich habe Goffmans Reaktion eben nicht so ganz verstanden. Du vielleicht?«

»Irgendwie ... ja.«

»Dann erzähl«, sagte sie. »Wäre es nicht gut, wenn damals das Luridium die Erde verlassen hätte?«

»Nicht, wenn Talley jetzt durch das Portal gelangt und die, die damals gegangen sind, zurückholt«, sagte William. »Ich glaube eigentlich nicht, dass die Menschen damals besonders begeistert vom Luridium waren.«

Iscia sagte nichts dazu.

William konnte ihr ansehen, wie ihr die Gedanken durch den Kopf wirbelten, als ihr der Ernst der Lage bewusst wurde.

»Aber warum hat das Luridium damals die Erde verlassen?«, fragte sie dann.

»Es hat ihm hier wohl nicht mehr gefallen«, sagte William und grinste sie an.

»Dussel ...«, sagte Iscia und boxte ihm gegen die Schulter. »Sei doch einmal ein bisschen ernst.«

»Es ist so lange her, über vierhundert Millionen Jahre«,

sagte William. »Ich weiß nicht mal, wie die Erde damals aussah ... gab es da schon Dinosaurier?«

Iscia starrte weiter mit ernster Miene vor sich hin, als ob ihr gerade etwas Wichtiges eingefallen sei. Dann sprang sie vom Bett auf und lief im Zimmer auf und ab.

»Ist es wirklich vor vierhundert Millionen Jahren passiert?«, fragte sie dabei.

Er nickte.

»Unten im Depot gab es eine alte Pergamentrolle, und darauf stand etwas über eine Zivilisation, die vor über vierhundert Millionen Jahren ausgerottet worden ist.« Iscia blieb stehen und drehte sich zu William um. »Kann es das Luridium gewesen sein?«

William zuckte mit den Schultern.

»Vielleicht«, sagte er. »Kann schon sein. Wenn es damals jede Menge Menschen mit Luridium im Körper gegeben hat, so wie Talley ...« William dachte daran, was Talley damals im Tunnel unter London getan hatte, sobald er das Luridium in sich aufgenommen hatte.

Abermals zitterte das Flugzeug. Sie setzten sich und warteten darauf, dass es aufhörte.

»Ich muss zurück«, sagte Iscia und erhob sich. An der Tür blieb sie stehen und drehte sich zu ihm um.

»Bist du nicht auch erleichtert?«, fragte sie.

»Wie meinst du das?«, fragte William.

»Dass du jetzt weißt, was deine Anfälle auslöst?«

»Irgendwie schon«, sagte William und wand sich unbehaglich.

»Irgendwie schon?«, wiederholte Iscia.

»Wenn schon das kleine Semiportal in Oxford stark genug war, um die Anfälle auszulösen«, sagte William und schaute seine Hände an, »dann frage ich mich, wozu das Kryptalportal im Himalaya fähig ist.«

Iscia machte jetzt ein ernstes Gesicht. Sie wollte schon etwas sagen, als das Flugzeug noch stärker zu schaukeln begann. Diesmal hörte es nicht wieder auf, sondern wurde nur noch schlimmer und dann heulte die Alarmanlage los.

»Wir müssen uns in Sicherheit bringen«, rief Iscia.

William stand vom Bett auf und taumelte auf unsicheren Beinen zur Tür. Er öffnete sie und schaute hinaus auf den Gang.

»Kein Grund zur Besorgnis. Nur eine kleine Turbulenz«, sagte eine gelassene Stimme.

William schaute nach unten und entdeckte Beta, der gerade an seiner Tür vorbeikam.

»Das ist mehr als nur eine Turbulenz«, rief William ihm hinterher.

Plötzlich war der Boden unter ihren Füßen weg und sie wurden zur Decke hochgeschleudert. William wollte sich mit den Händen abstützen und blieb an ihr hängen.

»Nicht der Rede wert«, sagte Beta. »Nur ein bisschen freier Fall.«

30

»Freier Fall?«, rief William.

»Ja … aber nur ein bisschen«, antwortete Beta. »Das dauert nicht lange.«

»Was dauert nicht mehr lange? Unser Leben?«, rief Iscia, die gleich neben William unter der Decke hing.

William hörte nicht, was Beta antwortete, denn plötzlich fielen sie wieder zu Boden.

»Wir müssen zu den anderen«, rief William und packte Iscias Arm.

Er glaubte den Beteuerungen des Roboters kein bisschen, dass es keinen Grund zur Besorgnis gebe.

»Hier lang«, rief Iscia und zog ihn durch den Gang.

Wieder wurde das Flugzeug hin und her gerüttelt, dann ging das Licht aus.

»Ich kann nichts sehen«, rief Iscia durch das Motorendröhnen.

»Notaggregat aktiviert«, verkündete Beta hinter ihnen.

Unter der Decke leuchteten rote Lämpchen auf.

»Beta! Wo sind die anderen?«, rief Iscia.

»Einen Moment«, sagte Beta.

William und Iscia liefen weiter durch den Gang und blieben vor einer Tür stehen. ZU DEN RETTUNGSKAPSELN stand in großen grünen Buchstaben auf einem Schild. Iscia rüttelte an der Tür, aber die war verschlossen.

»Die anderen sind bereits unterwegs zu den Rettungskapseln«, sagte Beta mit ruhiger Stimme. »Das solltet ihr auch tun. Der Autopilot des Flugzeugs hat übernommen und wird gleich eine unkontrollierte Notlandung vornehmen.«

»UNKONTROLLIERT ...?«, rief William. »Aber du hast doch gesagt, dass keine Gefahr besteht!«

»Wie wäre es mit ein wenig klassischer Musik, um die Nerven zu besänftigen?«, schlug Beta vor.

»Während wir auf den Absturz warten?«, rief William.

Leise Klaviermusik strömte aus einem vorn an dem viereckigen Roboter angebrachten Lautsprecher. Iscia sah William aus großen, vor Angst weit aufgerissenen Augen an.

»Beta ... die Tür ist abgeschlossen. Kannst du sie öffnen?«, rief William durch den ohrenbetäubenden Lärm und die Klaviermusik hindurch. Jetzt rüttelte das Flugzeug so sehr, dass sie sich kaum noch auf den Beinen halten konnten.

»Moment!«, sagte Beta.

Ein Knall erschütterte den Flugzeugrumpf. Die Nase des Flugzeugs schien geradewegs nach unten zu zeigen. Die Wände bebten so heftig, dass William schon befürchtete, das Flugzeug könne jeden Moment auseinanderbrechen. Das Dröhnen der Motoren steigerte sich noch. Iscia klammerte sich weiter an die Türklinke.

Plötzlich sprang die Tür mit einem leisen Klicken auf.

William und Iscia stürzten hindurch und rannten die

Treppen hinunter. Der Roboter folgte ihnen und zählte den Countdown.

»Drei Minuten bis zur unkontrollierten Notlandung«, sagte er mit monotoner Stimme.

»Hier rein«, rief Iscia und zeigte auf eine offene Tür.

William spürte, wie ein heftiger Wind ihnen entgegenwehte.

»Die lassen uns doch nicht etwa hier zurück«, rief William. »Oder doch?«

»Zweieinhalb Minuten bis zur unkontrollierten Notlandung«, sagte Beta.

Sie kämpften sich durch die Tür des Laderaums, wo sich die Rettungskapseln befanden, und entdeckten Goffman, Freddy und einen der zwei Chauffeure. Alle drei versuchten sich einen Ultraanzug anzulegen. Goffman sah ungeheuer erleichtert aus, als er William und Iscia entdeckte.

»Ihr habt es geschafft«, rief er. »Der andere Chauffeur sucht euch gerade. Zieht euch schnell einen Anzug an!« Goffman riss zwei Ultraanzüge von der Wand und warf sie William und Iscia zu.

Ein weiterer Knall ertönte und die Rettungskapseln schwankten bedrohlich.

»Zwei Minuten bis zur unkontrollierten Notlandung«, sagte Beta und kam hereingeruckelt.

William versuchte fieberhaft, den Anzug überzustreifen. Das war gar nicht so einfach, fast so umständlich, wie einen Neoprenanzug zum Tauchen anzuziehen.

Der zweite Chauffeur kam angerannt und half dabei, die

Rettungskapseln bereit zu machen. Goffman stieg ein und Freddy gleich dahinter. William hatte seinen Ultraanzug noch nicht richtig angezogen. Trotzdem hinkte er auf die Kapsel zu. Auch die beiden Chauffeure saßen schon drinnen.

»KOMMST DU?«, rief William und winkte Iscia zu, die auch noch mit ihrem Anzug kämpfte.

»Dreißig Sekunden bis zur unkontrollierten Notlandung«, sagte Beta.

»KOMMT SCHON!«, rief Goffman und steckte den Kopf zur Kapseltür heraus.

William griff nach Iscias Arm und zog sie mit sich. Abermals knallte es und das Flugzeug bebte dermaßen, dass sie beide hinfielen. Als William wieder aufschaute, sah er, dass sich die Rettungskapsel aus ihrer Verankerung losgerissen hatte und durch die offene Luke davonflog.

»NEIN, WARTET!«, schrie er.

Das Letzte, was er sah, war Goffmans Gesicht, das sie anstarrte, dann verschwand die Kapsel im Schneegestöber.

»Zehn Sekunden zur unkontrollierten Notlandung«, sagte Beta. »Neun ... acht ... sieben ...«

»WIR MÜSSSEN HIER RAUS!«, rief William und zeigte auf die offene Luke.

Sie kamen wieder auf die Beine. Iscia nahm seine Hand. William brauchte seine letzten Kräfte für den kurzen Sprint zur Luke. Er sah sich noch schnell um, ehe sie ins Schneegestöber hinaussprangen.

Und dabei sah er im Flugzeug eine Gestalt.

Es war Cornelia Strangler.

31

Das wars, dachte William.

Er fuhr sich mit der Hand durch das Gesicht, in dem Versuch, das wegzuwischen, was ihn stach. Eine eiskalte Welle durchströmte seinen Körper und er versuchte, die Augen zu öffnen. Aber die waren wie zugefroren.

Endlich konnte er sie aufreißen, aber er sah nur Weiß.

Er lag mitten in einem endlosen Meer aus Schnee. Der Wind umheulte ihn und peitschte ihm den Schnee ins Gesicht. Er konnte höchstens zwei Meter weit sehen. Aber seine Finger sah er: Die waren blau gefroren. Er musste weg aus der Kälte, ehe es zu spät war. Musste sich bewegen, versuchen die Wärme zurückzuholen. Als er sich auf die Knie gekämpft hatte, hielt er Ausschau nach den anderen.

Spähte nach dem Flugzeug.

Egal, wonach.

William legte sich die Hände vor das Gesicht und hustete, um seine starr gefrorenen Wangen aufzuwärmen. Aber er war so kalt, dass sich selbst die Luft aus seinem Mund anfühlte wie Eis.

Er versuchte sich zu orientieren, sah aber nur Schnee. Offenbar waren sie irgendwo im Himalaya abgestürzt.

Dann merkte er plötzlich, wie ihm langsam warm wurde. Er schaute an seinem Ultraanzug hinunter und ihm war klar, dass die Wärme daher kam. Ein rotes Lämpchen auf seiner Brust blinkte rhythmisch, und er merkte, dass er wieder zu Kräften kam. Sein Atem wurde ruhiger, und er richtete sich auf. Noch immer umtoste ihn der Wind. Aber jetzt, da ihm wieder warm war, konnte er auch wieder klar denken.

Seine Hände und sein Kopf waren noch immer eiskalt, aber plötzlich passierte etwas in den Ärmeln des Anzugs. Er hob einen Arm und sah ihn an. Aus dem Ärmel schob sich ein Handschuh heraus und bedeckte seine Hand. Dann merkte er, dass sich etwas aus dem Kragen herausschob und sich um Hals, Gesicht und Hinterkopf legte. Im Nu hatte sich um seinen Kopf eine warme Kapuze gebildet. Jetzt war nur noch sein Gesicht unbedeckt.

William schaute aus zusammengekniffenen Augen in das Schneegestöber.

Er musste die anderen finden.

»ISCIAAAAAA ...?«, rief er, so laut er konnte.

Aber seine Stimme wurde übertönt von dem kalten, heulenden Wind, der nur immer noch stärker zu werden schien. William war klar, dass Rufen nutzlos war, eine Vergeudung kostbarer Energie.

Er kämpfte sich weiter durch den tiefen Schnee, der ihm bis zur Taille reichte, und schaufelte sich mit den Armen eine Gasse. Aber seine Beine versanken immer wieder.

Er blieb mitten im Schneetreiben stehen und schaute sich um.

Und dann sah er ein Stück weiter etwas.

Ein blinkendes blaues Licht. Wie ein Signal.

Dort war jemand.

Waren das die anderen?

Iscia?

Plötzlich war das Licht wieder verschwunden. Er ging weiter in die Richtung, in der er es gesehen hatte, und biss die Zähne zusammen, um durchzuhalten. Jeder Schritt war ein Kampf. Während er sich immer weitermühte, ahnte er in den weißen Flächen vor ihm etwas.

Einen dunklen Fleck.

Er ging schneller. Vielleicht war das das Flugzeug?

Nun erkannte er die Umrisse eines Berges, und ihm war klar, dass der dunkle Fleck vor ihm der Eingang zu einer Höhle war. Er musterte den Eingang aus zusammengekniffenen Augen – war das blaue Licht von dort gekommen?

Er ging weiter.

Bald hatte er den Höhleneingang erreicht und lugte in die Dunkelheit hinein.

»Hallo?«, rief er.

Aber sein eigenes Echo war die einzige Antwort, die er bekam.

William trat einen Schritt in die Dunkelheit. Es tropfte von der Decke hoch oben.

»Hallo?«, fragte er noch einmal, während er immer tiefer in die Höhle hineinging.

Das Geheul des Sturmes draußen wurde schwächer. Hier drinnen war der Boden glitschig und nass. Er merkte, dass sich seine Schuhsohlen verändert hatten. Sie schienen sich am Untergrund festzusaugen und ihm Halt zu geben.

Er hielt plötzlich inne, als er ein Stück weiter in der Höhle etwas auf dem Boden liegen sah.

Einen Körper.

Er war noch zu weit weg, um sehen zu können, wer das war. Er fragte sich, was er tun sollte, dann machte er zwei zögernde Schritte und richtete das Licht seiner Taschenlampe auf den leblosen Körper.

Und nun sah er, wer dort lag.

»ISCIA!«, rief er und rannte auf sie zu.

Aber dann schien er gegen eine unsichtbare Wand zu prallen. Die Luft vor ihm sprühte Funken und er wurde zurückgeschleudert. Er setzte sich verwirrt auf und schaute zu ihr.

»Iscia ...«, murmelte er noch einmal.

Aber sie rührte sich nicht.

»Sie kann dich nicht hören«, sagte irgendwo in der Dunkelheit eine heisere Stimme.

William sah sich um und entdeckte weiter hinten in der Höhle einen dunklen Schatten.

»Cornelia Strangler«, sagte er.

Die Gestalt gab keine Antwort.

»Was haben Sie mit ihr gemacht?«, rief William.

»Ich habe sie gerettet«, sagte sie und trat in den Strahl seiner Taschenlampe. »Du solltest mir dankbar sein.«

William stand auf.

»Ich habe Sie im Flugzeug gesehen«, sagte er. »Sie haben den Absturz verursacht.«

Cornelia Strangler trat einen Schritt näher und verzog den Mund zu einer Art Grinsen.

»Ihr hättet nicht herkommen dürfen«, knurrte sie.

Ihr Blick hatte etwas Animalisches. Sie erinnerte eher an einen Wolf als an einen Menschen. Ihre Augen leuchteten irre.

»Aber jetzt sind wir hier«, sagte William. Er hielt Ausschau nach etwas, das er als Waffe benutzen könnte. Einem Stein ... egal, was.

»Ja ... jetzt seid ihr hier«, antwortete sie.

William spürte, wie sich sein Körper kampfbereit machte.

Seine Angst hatte sich in Wut verwandelt.

Cornelia Strangler ging langsam zu der noch immer leblos auf dem Boden liegenden Iscia hinüber.

»Rühren Sie sie nicht an!«, rief William und rannte auf die beiden zu.

Cornelia Strangler hob ihre mechanische Hand, drückte auf einige Knöpfe und feuerte einen blauen Strahl ab, der ihn mitten auf der Brust traf. Wieder hatte er das Gefühl, gegen eine Wand zu laufen. Er erstarrte am ganzen Körper und konnte sich nicht mehr rühren.

Cornelia Strangler stieg über Iscia hinweg und blieb dicht vor William stehen. Sie beugte sich so weit vor, dass ihre Nase fast seine berührte.

»Sie haben mir erzählt, dass Sie tot sind«, sagte William. »Dass Ihr Körper gefunden worden ist ... einbalsamiert.«

Cornelia Strangler lächelte. William konnte in ihrem Blick einen leisen Stolz erkennen.

»Dafür, dass Goffman und Slapperton so intelligent sind, sind sie ganz schön blöd«, sagte sie und lachte wiehernd. »Sie haben meine Großmutter gefunden. Die ist vor vielen, vielen Jahren in einem Kloster in Nepal gestorben.«

»Ihre Großmutter?«, rief William.

»Ja«, antwortete sie. »Nach ihrem Tod wurde dann meine Mutter Talleys Assistentin. Und nach ihr ...«

»Waren Sie an der Reihe!«, rutschte es William heraus.

»Ich bin Cornelia Strangler die Dritte«, sagte sie und lächelte. »Geboren, um Talley zu dienen.«

Sie drückte ihr Gesicht noch dichter an Williams heran. Er hatte das Gefühl, zu ersticken. Ihr Atem brannte auf seinem Gesicht.

»Du wirst jetzt Folgendes für mich tun«, zischte sie. »Du wirst die anderen suchen und du wirst mit ihnen hierher zurückkommen. Sag ihnen, du wirst das Portal deaktivieren. Aber das wirst du nicht tun«, sagte sie. »Du wirst vielmehr dafür sorgen, dass ich Abraham hindurchschicken kann ...« Sie zeigte auf Iscia. »Und dann siehst du sie vielleicht wieder.«

Ihre stechenden Augen waren dabei die ganze Zeit auf ihn gerichtet.

»Und wenn sie fragen, wo Iscia steckt«, flüsterte sie, »dann sagst du, ihr wärt im Schneesturm voneinander getrennt worden.«

William hätte gern geschrien, dass er ihr nie im Leben helfen würde. Aber er konnte seinen Mund nicht bewegen.

»Und wenn du die Sache verpfuschst, dann wird Iscia ...«

Cornelia Strangler zog ihre Hand mit einer schnellen Bewegung einmal über ihre Kehle.

Danach richtete sie ihre mechanische Hand erneut auf William.

Der blaue Strahl traf ihn mit solcher Kraft, dass er rückwärts geschleudert wurde. Aber diesmal landete er nicht auf dem steinernen Höhlenboden.

Er flog einfach immer weiter durch die Luft.

32

William landete mit einem dumpfen Aufprall im Schnee, direkt vor zwei grellen Scheinwerfern, die ihm ins Gesicht leuchteten. Er hob abwehrend die Hände. Er konnte einen Motor hören, der abgebremst wurde, dann öffnete sich eine Tür.

»Da ist William«, hörte er Goffmans Stimme rufen.

Er wurde von zwei starken Händen aufgehoben. Der eine rothaarige Chauffeur trug ihn zu einem Raupenfahrzeug und setzte ihn dort auf einen Sitz.

William schaute sich verwirrt um. Er konnte nicht glauben, dass es Cornelia Strangler tatsächlich gelungen war, ihn mit ihrer mechanischen Hand aus der Höhle und hierher in den Schnee zu teleportieren. Wenn sie sich selbst genauso von einem Ort zum anderen bewegen konnte, dann gab es auf der ganzen Welt nichts, was sie aufhalten könnte. William bekam eine Gänsehaut bei dem Gedanken, wie gefährlich sie wirklich war.

Goffman sprang auf den Vordersitz.

»Wir haben euch überall gesucht. Wir dachten schon, dass ihr vielleicht ...«, fing er an, dann unterbrach er sich. »Wo ist Iscia?«

William schwieg.

Obwohl er ihnen unbedingt erzählen wollte, was er gerade erfahren hatte. Dass Cornelia Strangler hinter dem Flugzeugabsturz steckte und sie jetzt auch noch Iscia in ihrer Gewalt hatte ... er konnte es einfach nicht.

»Ich weiß nicht ...«, sagte er und sah zu Boden.

»Du warst doch beim Absturz mit ihr zusammen«, sagte Goffman. »Hast du denn nicht gesehen, was mit ihr passiert ist?«

»Ich bin mit dem Kopf aufgeschlagen«, sagte William. »Als ich zu mir kam, war sie verschwunden. Und das Flugzeug auch.«

»Das Flugzeug ist mit einem Chamäleongenerator ausgerüstet«, sagte Goffman. »Der schaltet sich im Notfall ein und sorgt dafür, dass das Flugzeug nicht zu finden ist.« Goffman schaute besorgt hinaus in den Schnee, der gegen die Windschutzscheibe peitschte. »Sowie wir den Eingang zum Tempelsystem gefunden haben, schicke ich die Chauffeure auf die Suche nach ihr.«

William fing Freddys Blick auf, der nicht länger freundlich aussah, sondern William aus zusammengekniffenen Augen anstarrte.

»Bist du sicher, dass du nicht weißt, wo sie ist?«, fragte Freddy misstrauisch.

»Ja«, antwortete William.

»Lass ihn in Ruhe, Freddy«, sagte Goffman.

»Aber es ist doch seltsam«, sagte Freddy. »Dass sie zusammen aus dem Flugzeug springen, und dann verschwindet Iscia plötzlich.«

»Es war ein Flugzeugabsturz«, sagte William zu seiner Verteidigung. »Es war total chaotisch.«

Freddy ließ sich im Sitz zurücksinken und verschränkte die Arme vor der Brust.

»Ich sage nur, dass mir das seltsam vorkommt«, sagte er und schaute aus dem Fenster.

Das Raupenfahrzeug hielt am Fuß einer steilen Felswand.

»Hier ist es«, sagte Goffman und schaute auf die Koordinaten seines GPS-Geräts.

»Was denn?«, fragte William.

»Der Eingang«, erwiderte Goffman und zeigte durch das gläserne Autodach nach oben.

William schaute hoch und schnappte nach Luft.

Ein ganzes Stück weiter oben in der Felswand entdeckte er ein kleines steinernes Klostergebäude mit rotem Dach. Es war auf einem schmalen Felsensims errichtet worden.

»Der Eingang befindet sich in dem Kloster dort oben«, sagte Goffman.

»Warum haben die denn ein Kloster mitten an die Felswand gebaut?«, fragte Freddy.

»Das war damals so üblich«, sagte Goffman. »So konnten sie Angreifer leichter abwehren.«

»Müssen wir da hochklettern?«, fragte Freddy.

»Nein«, sagte Goffman und schaute auf seine Armbanduhr.

Der eine Chauffeur drückte auf einen Knopf und das Raupenfahrzeug zitterte, als es schwankend vom Boden abhob. William schaute aus dem Fenster und entdeckte lange Metallbeine, die aus beiden Wagenseiten herauswuchsen.

»Spinnenbeine. Wir lassen uns oft von der Natur inspirieren«, sagte Goffman. »Schnallt euch an. Das hier geht ganz schön hoch.«

Das Fahrzeug kippte nach hinten, als es an der Felswand emporkletterte. Jetzt ging es aufwärts. Das Fahrzeug wurde immer wieder durchgeschüttelt, während die Spinnenbeine sie höher und höher trugen. William schaute nervös hinunter auf die weite Schneefläche, die bereits tief unter ihnen lag.

Nach kurzer Zeit hatten sie das Kloster erreicht. Das Raupenfahrzeug hielt auf dem schmalen Felsensims.

»Alle raus«, befahl Goffman und sprang aus dem Wagen.

Bald standen sie vor einem runden goldenen Tor in der Felswand. Goffman fuhr mit den Fingern über die seltsamen Zeichen, die das Tor bedeckten. Er zog ein kleines schwarzes Walkie-Talkie aus der Tasche und hielt es sich an den Mund.

»Okay. Wir sind hier. Schick ihn rauf«, sagte er und steckte das Walkie-Talkie zurück in die Tasche.

William schaute hinüber zu Freddy, der mit einem misstrauischen Blick antwortete.

»Alles in Ordnung bei euch, Jungs?«, fragte Goffman.

»Ja«, sagte Freddy mit unschuldigem Lächeln.

Mit einem *pling* sprang jetzt das Tor auf.

»Ein Fahrstuhl?«, fragte William.

»Natürlich«, sagte Goffman und trat mit seinen langen Beinen in den Fahrstuhl. »Wenn man so tief in die Erde muss wie wir, braucht man einen Fahrstuhl.«

Die anderen folgten ihm und die Tür schloss sich hinter

ihnen. William schaute zu einer Glaskugel unter der Decke hoch. Sie war mit selbstleuchtendem grünem Rauch gefüllt.

»Opaldampf«, sagte Goffman.

»Opaldampf«, wiederholte William. Es tat gut, über etwas anderes zu reden.

»Elektrischer Dampf, der aus den Tiefen der Erde geholt wird. Wir halten Opaldampf für die wichtigste Stromquelle der Luridia-Zivilisation. Und diese Quelle hier scheint nahezu unerschöpflich zu sein. Offenbar wird sie hier unten seit Jahrmillionen als Licht benutzt.«

Nach einer langen Reise im Fahrstuhl sprang die Tür wieder auf.

»Bitte sehr«, sagte Goffman und gab William ein Zeichen, als Erster hinauszugehen.

William trat aus dem Fahrstuhl, blieb aber schon nach zwei Schritten wieder stehen. Der Anblick, der sich ihm bot, verschlug ihm fast den Atem.

Sie standen auf einer breiten Felsenkante. Vor ihnen öffnete sich eine dermaßen riesige Halle, dass William die Entfernungen nicht beurteilen konnte.

Am Fuße der Halle lag eine ganze Stadt aus asiatischen Klostergebäuden. Ein stetes Dröhnen ließ die Halle erzittern. Es war nicht laut, aber tief. William spürte die Vibrationen im Boden unter seinen Füßen.

»Die Gebäude, die ihr da unten seht, sind älter als die ägyptischen Pyramiden«, sagte Goffman. »Hier haben wir viele der unmöglichen Gegenstände gefunden, die wir im Institut aufbewahrt haben. Unter anderem die ersten Orben.«

Plötzlich tauchte vor ihnen eine schwebende Plattform auf.

»Kommt«, sagte Goffman und sprang darauf.

William blieb stehen und starrte die in der Luft schwebende Plattform an. Sie bestand aus einer viereckigen Fläche von der Größe eines großen Autos. Ein goldener Zaun und ein Tor umgaben die Platte.

William zögerte und schaute Freddy an, der ein genauso skeptisches Gesicht machte. William öffnete das Tor und setzte einen Fuß auf die Plattform. Als alle darauf standen, schloss sich das Tor hinter ihnen und sie sanken abwärts.

Es ging nicht schnell, aber dennoch krampfte sich Williams Magen zusammen, als er nach unten schaute.

Es war schwer zu berechnen, aber William nahm an, dass sie sich mehr als zweihundert Meter über dem Boden befanden. Er packte das goldene Geländer fester. Die Gebäude unter ihnen schienen aus goldenem Metall zu bestehen, und die Dächer leuchteten grün, genau wie die selbstleuchtende Kuppellampe im Fahrstuhl.

Als sie endlich unten ankamen, öffnete Goffman das Tor und sprang von der Plattform herunter. William kam gleich hinterher, dicht gefolgt von den beiden Chauffeuren und Freddy. William trat neben Goffman und musterte die seltsamen Gebäude, die vor ihnen lagen.

»Es ist schon verrückt, sich vorzustellen, wie wuselig es hier unten einmal gewesen sein muss ...«, sagte Goffman nachdenklich. »Und das war sogar noch lange vor der Zeit, als es auf der Erde Dinosaurier gab.«

»Was ist das hier überhaupt?«, fragte William.

»Das hier, William«, begann Goffman und legte eine dramatische Pause ein, »... ist nur der Anfang.«

William wollte schon weitere Fragen stellen, wurde aber von einer vertrauten Stimme daran gehindert, die rief: »WILLIAM!«

William fuhr herum. Und dort, zwischen den Gebäuden, sah er jemanden auf sie zukommen. Es war ein älterer Mann mit struppigen Haaren und zerzaustem Bart. Seine Kleidung war schmutzig und er sah aus wie ein Obdachloser. An einem Riemen über seiner Schulter hing ein Passivator.

»Opa!«, rief William und breitete die Arme aus.

33

William fiel seinem Großvater um den Hals.

Endlich.

Jetzt würde alles gut werden.

»Wie schön, dich zu sehen, William«, sagte der Großvater lachend, hob ihn hoch und schwenkte ihn im Kreis.

William hätte gern dasselbe gesagt, aber er brachte kein Wort heraus. Er klammerte sich an seinen Großvater und kämpfte mit den Tränen. Als der Großvater ihn noch zweimal herumgeschwenkt hatte, stellte er William auf den Boden und musterte ihn forschend.

»Wie geht es dir?«, fragte er. »Haben sie deine Anfälle jetzt unter Kontrolle?«

»Noch nicht ganz«, antwortete William.

»Ach?«, fragte der Großvater und schaute zu Goffman hinüber. Er zögerte ein wenig, dann fügte er hinzu: »Bist du dir sicher, dass sie es ist?« Jetzt flüsterte der Großvater fast.

»Ja«, sagte Goffman und nickte mit ernster Miene.

»Wie ist das möglich?«, fragte der Großvater.

Goffman zuckte mit den Schultern. »Das ist mir ein Rätsel.«

»Ich verstehe nicht, woher sie den Orbis hat, der das

Kryptalportal aktivieren kann«, sagte der Großvater nachdenklich. »Es sei denn, Talley hatte ihn die ganze Zeit schon. Wir müssen sie jedenfalls aufhalten, bevor sie ihn zurückschicken kann«, fügte er hinzu und sah William an. »Und hier kommst du ins Spiel.«

William nickte und schluckte. Er hätte so gern alles erzählt, was er über Cornelia Strangler wusste. Aber er durfte nicht riskieren, dass Iscia etwas zustieß.

»Wie war eure Reise hierher?«, fragte der Großvater.

»Dramatisch«, sagte Goffman.

»Wir können später darüber reden. Das Wichtigste ist, dass ihr hier seid«, meinte der Großvater. »Wo ist Iscia?«

»Sie ...«, begann William, verstummte dann aber.

»Einer der Chauffeure macht sich jetzt auf die Suche nach ihr«, sagte Goffman. »Sie ist im Schneesturm verschwunden.«

»Trägt sie einen Ultraanzug?«, fragte der Großvater.

»Ja«, sagte Goffman.

»Das ist gut«, sagte der Großvater. »Dann kann ihr nichts passieren.« Er drehte sich zu William um. »Ich habe den Eingang gefunden, der unserer Ansicht nach zum Kryptalportal führen muss. Aber ich komme da nicht rein.«

»Ich kann es versuchen«, sagte William.

Der Großvater rang sich ein aufmunterndes Lächeln ab. Er schaute zu Goffman hinüber.

»Wie viel Zeit bleibt uns noch, ehe Talley auftaut?«

Goffman klickte den kryogenischen Countdown an.

»Eine Stunde und fünfzehn Minuten«, sagte er.

»Dann haben wir keine Zeit zu verlieren«, sagte der Großvater. »Ich nehme William mit nach unten. Ihr wartet noch eine Weile hier, ob der Chauffeur Iscia findet.«

Der Großvater legte William den Arm um die Schulter und zog ihn mit sich.

»Wie lange bist du schon hier?«, fragte William, als sie weiter durch die Klostergebäude gingen.

»Ich bin hergekommen, sobald wir herausgefunden hatten, wo sich das Kryptalportal befindet«, sagte der Großvater und machte sich an dem USB-Stick zu schaffen, den er noch immer um den Hals hängen hatte.

»Und wie habt ihr das überhaupt entdeckt?«, fragte William.

»Wir wussten schon lange, dass es irgendwo auf der Erde ein leistungsfähiges Portal geben muss«, sagte der Großvater und führte William in eine schmale Gasse, »nur nicht genau, wo. Es gibt hier in den Bergen viele solche Tunnelsysteme. Aber erst, als Cornelia Strangler das Semiportal in Oxford aktiviert hat, konnten wir sehen, wo sich das Hauptportal befindet.«

»Aber woher konntet ihr das wissen?«, fragte William.

»In Talleys kryogenischem Tank gibt es einen GPS-Sender«, antwortete der Großvater. »Zuerst haben wir es für eine Fehlermeldung gehalten, als die Koordinaten zeigten, dass er sich plötzlich hier befand.«

»Warum?«, fragte William.

»Weil wir schon lange von diesem Ort wissen. Wir dachten, wir hätten das gesamte System kartiert«, sagte der Großvater. »Aber das hatten wir offenbar doch nicht. Die Koordinaten haben mich in ein ganz neues System noch tiefer im Gebirge geführt. Und dort habe ich das entdeckt, was ich jetzt für den Eingang zum Kryptalportal halte.«

»Gibt es noch andere unterirdische Städte wie diese hier?«, fragte William und schaute sich um.

»Ja«, sagte der Großvater mit größter Selbstverständlichkeit. »Es gibt sie fast überall auf der Erde.«

Er öffnete eine Tür. Dahinter führte eine enge Steintreppe hinab in die Finsternis.

»Komm«, sagte er.

William lief hinter ihm her.

»Ich muss sagen, ich war ziemlich stolz, als ich von Goffman von deiner Luridiumstheorie gehört habe«, sagte der Großvater, als sie weiter die schmalen Stufen hinunterstiegen.

»Sie scheint Goffman einen argen Schrecken eingejagt zu haben«, sagte William.

»Natürlich«, sagte der Großvater mit einer wegwerfenden Handbewegung. »Es ist schließlich sein Beruf, sich Sorgen zu machen.«

»Wenn es stimmt, dass das Luridium auf der anderen Seite vom Portal noch aktiv ist, bedeutet das doch, dass wir in ziemlicher Gefahr schweben«, sagte William.

»Das stimmt allerdings«, sagte der Großvater. »Und nicht nur wir ..., sondern die gesamte Erde.« Er blieb stehen und drehte sich zu William um. »Wenn das Luridium wirklich alle ausgelöscht hat, die es hergestellt hatten, ehe es durch das Portal verschwunden ist ... und wenn Talley dann plötzlich auch durch das Portal verschwindet und davon berichtet, dass es auf der Erde noch immer Menschen gibt ...«

»Dann besteht die Gefahr, dass das Luridium hierher zurückkommt, um zu Ende zu bringen was es damals angefangen hat«, vollendete William den Gedanken.

»Genau«, sagte der Großvater und ballte die Hände zu Fäusten. »Und das darf auf keinen Fall passieren! Alles hängt an dir, William. Du musst es schaffen, das Portal zu deaktivieren.«

»Aber wie denn?«, fragte William verzweifelt. Es gefiel ihm überhaupt nicht, plötzlich für das Schicksal der ganzen Welt verantwortlich zu sein.

»Soviel ich weiß«, sagte der Großvater, während sie weiter die Treppe hinunterstiegen, »kann nur der Orbis, den Cornelia Strangler hat, das Kryptalportal steuern. Du musst ihn ihr auf irgendeine Weise abnehmen, um ihn zu deaktivieren«, sagte er und blieb vor einer weißen Tür unten an der Treppe stehen.

»Ihr abnehmen, um ...«, sagte William.

Er wollte so gern erzählen, was er über Cornelia Strangler wusste. Sie würde ihm den Orbis erst geben, nachdem sie Talley durch das Portal geschickt hatte. Und nur so konnte er Iscia retten. Aber sollte er die ganze Welt opfern, um Iscia zu retten? Das war eine Entscheidung, die er unmöglich treffen konnte.

Der Großvater legte die Hand an die Tür aus blank poliertem weißem Metall, in deren Mitte Zeichen standen, die William noch nie gesehen hatte.

»Bist du bereit?«, fragte der Großvater und stieß die Tür auf.

»Wozu bereit?«, stammelte William.

Der Großvater nahm seinen Arm und zog ihn durch die Türöffnung. »Bereit zu einem Blick in die Zukunft.«

34

Zuerst fiel William das Geräusch auf.

Eine seltsame Mischung aus tiefem Grollen und hellen Tönen, die fast melodisch klang. Um sie herum war alles so hell und weiß, dass William die Augen zukneifen musste.

»Was ist das für ein Geräusch?«, fragte er.

»Ich weiß es nicht«, sagte der Großvater. »Aber offenbar kommt es von allen Seiten. Aus den Wänden, aus dem Boden und der Decke.«

Williams Augen gewöhnten sich langsam an die Helligkeit und er konnte seine Umgebung erkennen. Sie standen in einem großen Raum, an dessen anderem Ende sich eine rote Tür befand.

»Wo sind wir hier?«, fragte William.

»Auf der Erde gibt es mehrere solcher Orte«, sagte der Großvater. »Wir glauben, dass hier das Luridium hergestellt worden ist.«

»Es sieht doch aber ganz neu aus«, sagte William und schaute seinen Großvater an.

»Ja«, der Großvater nickte. »Es sieht neu aus ... aber es ist vierhundert Millionen Jahre alt ... oder noch mehr.«

»Woher kommt das Licht?«, fragte William.

»Das kommt aus den Wänden«, sagte der Großvater. »Weiter. Wir haben keine Zeit.«

Sie gingen auf die rote Tür zu. William ließ seinen Blick über die Umgebung wandern. Wände und Decke waren so weiß, dass er kaum sehen konnte, wo die Wände endeten und die Decke anfing. Der Boden fühlte sich unter seinen Füßen seltsam an, ihre Schritte verursachten nicht das geringste Geräusch. William trat versuchsweise etwas fester auf, aber der Boden schien alle Geräusche zu schlucken.

»Wie kann es so viele Millionen Jahre alt sein ... und aussehen wie ... wie ein Raumschiff aus der Zukunft?«, stammelte William.

Der Großvater gab keine Antwort. Er blieb vor der roten Tür stehen und fuhr mit der Hand über die verschiedenen Zeichen.

»Sie haben Codes verwendet, keine Schlüssel«, erklärte er und bewegte seine Hand immer weiter über die Türfläche. »Einige der Codes sind einfach, andere dagegen fast unmöglich zu knacken. Ich habe zwei Tage für diesen hier gebraucht. Und dabei ist das einer von den leichten.«

Von der Tür her war ein leises *klick* zu hören und sie öffnete sich. Der Großvater ging hinein, William folgte ihm. Hier drinnen waren die Geräusche stärker, sie kamen von allen Seiten und ihm wurde fast schwindlig davon. Das Grollen war durch die Vibrationen im Boden zu spüren, und die hohen Töne schienen von der Decke her auf sie herabzuregnen.

Sie befanden sich in einem weiteren weißen Raum, dieser hier war von der Größe einer Turnhalle.

»Nach meinen Berechnungen muss sich das Kryptalportal dahinter befinden«, sagte der Großvater und zeigte auf ein riesiges weißes Tor. »Weiter als bis dort bin ich allerdings nicht gekommen.«

William blieb stehen und sah das Tor an. Es war ebenso weiß wie die Wände, pulsierte aber in einem bläulichen Licht.

»Hier gibt es aber gar keine Zeichen«, sagte er. »Und keine Klinke.«

»Ich glaube, du musst das da benutzen«, sagte der Großvater und zeigte auf etwas, das sich neben der Tür befand.

William machte große Augen. Neben dem Tor stand ein riesiger Roboter, so weiß, dass er fast mit der Wand verschmolz.

»Das ist ein Exoskelett«, sagte der Großvater. »Nach demselben Prinzip konstruiert wie das, das dein Vater vom Institut bekommen hat.«

William ging langsam auf das Exoskelett zu. Er hob die Hand und legte sie auf den riesigen Fuß. Der war aus weißem Metall und fühlte sich kalt an. Neben dem Fuß gab es eine Art Leiter, die bis zu einem großen schwarzen Loch mitten in der Brust des Exoskelettes führte. William konnte einen Sitz sehen, der dort oben aus dem Loch ragte.

»Da soll ich rauf?«, fragte er und zeigte nach oben.

Der Großvater nickte. »Ich bin selbst auch schon da raufgeklettert und habe mich umgesehen. Aber ich bin nicht weitergekommen.« Er schaute auf seine Armbanduhr. »Wir haben noch zweiundvierzig Minuten, bis Talley auftaut«, sagte er und nickte. »Es eilt jetzt wirklich.«

William drehte sich wieder zu dem Exoskelett zurück. Er stellte einen Fuß auf die unterste Sprosse und packte mit der Hand eine weiter oben.

Dann kletterte er los.

William hasste Höhen. Deshalb schaute er beim Klettern auch nicht nach unten. Die seltsamen Geräusche zusammen mit der großen Höhe sorgten dafür, dass ihm noch schwindliger wurde. Er musste sich konzentrieren, um nicht in Panik zu geraten. Er kletterte immer weiter, eine Sprosse nach der anderen. Jetzt war es nicht mehr weit.

Als William endlich in das Loch stieg und sich auf den weißen Sitz fallen ließ, lief ihm der Schweiß von der Stirn. Es war heiß hier drinnen. Der Sitz war aus Metall, aber es war angenehm, darauf zu sitzen. Er schien sich Williams Körper perfekt anzupassen.

»Was jetzt?«, rief er seinem Großvater zu, der ganz da unten stand und zu ihm hochschaute.

»Leg deine Hände auf die Glasplatten. Du hast auf jeder Seite eine«, rief der Großvater zurück.

William sah sich um und entdeckte auf jeder Seite der Armlehnen eine weiße Glasfläche. Er legte vorsichtig zuerst eine Hand auf eine Fläche, dann die andere. Die Platten fühlten sich weich an, und seine Hände versanken darin, als sich das Glas seinen Händen anpasste.

Plötzlich fuhr ein Ruck durch das Exoskelett.

»Versuch seine Arme zu bewegen«, hörte William den Großvater rufen.

William bewegte seine rechte Hand, und der große Roboterarm tat es ihm nach. Er versuchte es mit der anderen Hand, und der andere Roboterarm bewegte sich.

»Stell jetzt deine Füße auf die Platten am Boden«, befahl der Großvater.

William schaute auf zwei Glasplatten hinunter, die vor ihm in den Boden eingelassen waren. Er setzte auf jede einen Fuß und seine Füße versanken in der weichen Fläche.

»Jetzt kannst du ihn zum Gehen bringen.«

William bewegte die Füße und das große Exoskelett tat es ihm nach.

»Mach zwei Schritte auf mich zu«, rief der Großvater.

Er winkte William mit beiden Händen zu.

William setzte einen Fuß vor den anderen. Die riesige Metallkonstruktion schwankte, als sie sich in Bewegung setzte. Er machte zwei Schritte auf den Großvater zu und hielt dann an.

»Gut. Du hast es im Griff«, rief der Großvater. »Jetzt geh zum Tor.«

William wendete das riesige Skelett und ging auf das weiße Tor zu, das noch immer mit einem schwachen blauen Licht pulsierte.

»Nun leg die Hände vom Exoskelette vorsichtig gegen das Tor.«

William hob die Roboterhände, spreizte die Finger und legte sie gegen das Tor. Sofort leuchtete die Oberfläche um die Roboterhände blau auf und die hohen Töne, die aus der Decke zu kommen schienen, änderten sich.

»Ich glaube, du kannst das Tor nur mithilfe der Töne öffnen«, rief der Großvater. »Ich versuche es seit zwei Tagen vergeblich.«

William schluckte und sah die riesigen Roboterhände an.

»Wer hat sich das nur ausgedacht?«, rief er. »Das ist ja wahnsinnig vertrackt.«

»Das soll bestimmt so vertrackt sein ... ich glaube, es ist ihnen um die Töne und Schallwellen gegangen«, antwortete der Großvater.

William verschob die eine Roboterhand auf der weißen Oberfläche und die hohen Töne im Raum änderten sich. Dann verschob er auch die andere Hand. Wieder änderten sich die Töne. Das ist ja wie Klavierspielen, dachte William.

»Vielleicht muss ich eine Melodie spielen, um das Tor zu öffnen«, rief er.

»Dann los«, rief der Großvater zurück. »Die Zeit drängt.«

William schloss die Augen und konzentrierte sich. Er spürte, wie tief in seinem Bauch das vertraute Surren einsetzte und langsam sein Rückgrat hochwanderte.

Als er die Augen wieder öffnete, sah er Lichter in allen Regenbogenfarben über das weiße Tor tanzen. Langsam verschob er die riesigen Roboterhände und folgte den Farben, und die Töne von der Decke änderten sich von Neuem. Zuerst konnte er keine erkennbare Tonfolge ausmachen. Aber nach und nach ergab sich eine Melodie.

William ließ die Roboterhände immer von Neuem über die Farbflächen wandern, er arbeitete immer schneller. Er spielte die Melodie wieder und wieder. Plötzlich verschwanden die Lichter und die Musik verstummte.

Im Raum war es nun ganz still.

William schaute das Tor vor sich aufmerksam an. Aber nichts passierte.

»Hat es nicht geklappt?«, fragte er und schaute zum Großvater hinunter.

»Ich bin mir nicht sicher«, rief der Großvater.

William konnte die Enttäuschung in seiner Stimme hören.

Plötzlich ertönte tief drinnen im Tor ein Dröhnen, und dann schien es sich vor Williams Augen aufzulösen.

Er trat mit dem riesigen Exoskelett zwei Schritte zurück, dann blieb er stehen und sah zu, wie das große weiße Tor in seine Bestandteile zerfiel und verschwand.

35

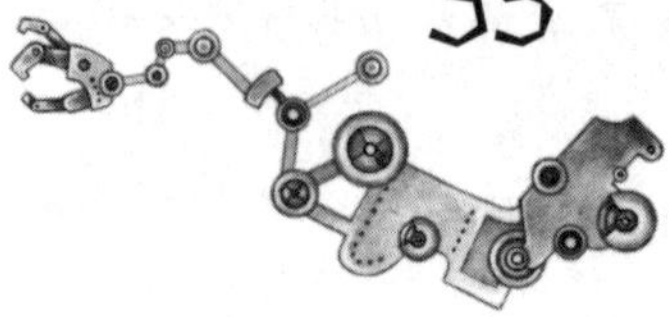

»Wir müssen da rein«, rief der Großvater und lief voraus in die Finsternis. »Wir haben keine Zeit, um auf die anderen zu warten.«

William sprang von der letzten Sprosse im Bein des Exoskeletts und starrte in die Dunkelheit auf der anderen Seite des großen Tores.

»Na los«, rief der Großvater. »Wir dürfen wirklich keine Zeit mehr verlieren.«

William schaute zurück zu der roten Tür, durch die sie gekommen waren. Wo blieben die anderen nur?

Er lief hinter dem Großvater her.

Sie gingen durch einen Gang, der immer dunkler wurde.

Der Großvater schaltete eine kleine Lampe oben auf dem Passivator an seinem Schulterriemen an.

Die Lampe blinkte und zeigte ihnen, was vor ihnen lag.

Denk daran, was du mir in der Höhle versprochen hast, hörte William plötzlich Cornelia Stranglers Stimme in seinem Ohr.

Er blieb stehen und schaute sich um.

»Alles in Ordnung bei dir?«, fragte der Großvater und legte ihm eine Hand auf die Schulter.

»Sicher …«, log William. »Es war nur …«

»Was denn?«, fragte der Großvater.

»Nichts«, sagte William und sie gingen weiter.

Der Großvater ließ den Lichtstrahl vor ihnen auf dem Boden hin und her wandern. Sie befanden sich in einem langen Gang, der sich weiter vorn gabelte.

»Da ist etwas«, flüsterte der Großvater.

»Was denn?«, fragte William.

»Ich weiß nicht«, sagte der Großvater, packte William am Arm und zog ihn an sich, ohne den Blick vom Gang zu lösen. »Was immer passiert, wir dürfen nicht getrennt werden«, flüsterte er eindringlich.

William nickte. Er hatte nicht vorgehabt, sich hier unten allein herumzutreiben.

»Siehst du da vorn etwas?«, flüsterte der Großvater und hob den Passivator.

William folgte dem Lichtstrahl mit dem Blick. Plötzlich fiel das Licht auf eine Gestalt, die bewegungslos am Ende des Ganges stand.

»Da ist wirklich etwas«, flüsterte er.

Der Großvater feuerte den Passivator ab.

Eine blaue Lichtwelle schoss wie ein Blitz durch den Gang und explodierte, als sie auf die Gestalt traf.

»LAUF!!!!«, rief der Großvater und stürzte los.

William nahm ebenfalls die Beine in die Hand.

Nachdem er eine Weile durch das fast endlose Netz aus Gängen und Tunneln gelaufen war, blieb er stehen. Jeder Muskel in seinem Körper zitterte vor Erschöpfung.

»Was war ... das ... vorhin?«, keuchte er.

Aber es kam keine Antwort.

William sah sich um.

Der Großvater war nicht hinter ihm.

William stand mutterseelenallein in der Finsternis.

»Opa?«, fragte er mit zitternder Stimme.

Noch immer keine Antwort.

Er hätte gern gerufen, wagte es aber nicht, denn die Gestalt konnte noch immer in der Nähe sein.

William sah sich um und versuchte mit aller Kraft, seine Panik in Schach zu halten. Sollte er hier warten oder lieber weiterlaufen?

Seine Beine wussten die Antwort. Die schienen sich fast von selbst in Bewegung zu setzen. In seinen Ohren dröhnte es.

Er lief weiter durch den Gang. Dort gab es gerade genug Licht, dass er sehen konnte, wo er hinging.

»William ...«, sagte plötzlich Cornelia Stranglers Stimme gleich hinter ihm.

Er blieb stehen.

Sah sich um. Aber der Gang hinter ihm war leer.

Er lief weiter.

»Hat er dich im Stich gelassen, William?«, fragte dieselbe Stimme wieder gleich hinter ihm. »Das ist ja nicht das erste Mal? Er hat dich schon häufiger im Stich gelassen, nicht wahr?«

Aber diesmal sah William sich nicht um. Er lief einfach weiter und wurde nur noch schneller.

»Hast du nicht gesagt, dass du dich auf die anderen verlassen kannst? Dass sie auf dich aufpassen, William?«, fragte sie jetzt.

William hielt sich die Ohren zu und schüttelte den Kopf.

»Lassen Sie mich in Ruhe!«, sagte er.

»Egal, was sie dir eingeredet haben, William, du gehörst nicht zu ihnen. Du bist einer von uns«, sagte die Stimme.

Diesmal war es, als stehe sie vor ihm.

»Seien Sie still«, rief William und schlug in die Luft.

Er lief wieder los. Es war ihm jetzt egal, wohin es ging, wenn er nur in Bewegung war. Er merkte, dass die Panik ihn zu überwältigen drohte. Die Gänge kamen ihm jetzt enger und niedriger vor.

William blieb abrupt stehen, als plötzlich ein Poltern zu hören war. Der Boden unter ihm bebte so heftig, dass er fast das Gleichgewicht verlor, dann wurde alles wieder still. William wartete. Aber das Einzige, was er hören konnte, war sein eigener keuchender Atem.

Er drehte sich um und schaute in die Richtung, aus der er gekommen war. Er glaubte spüren zu können, dass da jemand war. Gleich hinter der nächsten Ecke.

»Opa?«, fragte er vorsichtig, bekam aber keine Antwort.

Er wagte nicht einmal zu blinzeln. Seine Beine zitterten und seine Hände waren wie gelähmt. Er zwang sich weiterzugehen.

Als er um die Ecke bog, rutschte ihm das Herz in die Hose.

Er war in eine Sackgasse geraten.

Der Gang endete an einer weißen Wand.

William ging darauf zu und suchte fieberhaft nach Hinweisen auf eine Geheimtür.

Er überprüfte auch den Boden und die Decke.

Aber vor ihm gab es nur weiße Flächen.

Es gab keinen Ausweg mehr.

Er war gefangen.

»William«, sagte hinter ihm Cornelia Stranglers heisere Stimme.

Er wusste nicht, weshalb, aber diesmal war er sicher, dass sie dort stand. Gleich hinter ihm. Er hatte keine Lust, ihr schreckliches Gesicht zu sehen.

»Dreh dich um«, sagte Cornelia.

William zögerte zwei Sekunden, dann drehte er sich langsam um.

Und richtig. Da war sie.

Sie stand ungefähr fünf Schritte von ihm entfernt und zeigte mit der mechanischen Hand auf ihn.

William schluckte.

»Was wollen ...«, begann er. Aber er verstummte, als ihre Hand einen lauten Pfeifton von sich gab.

William hatte keine Zeit mehr zu reagieren, da wurde er schon von einem blendend blauen Licht getroffen und nach hinten geschleudert.

Doch statt gegen die Wand in seinem Rücken zu knallen, flog er einfach weiter und landete unsanft auf dem Boden. Er rutschte noch ein Stück weiter, dann blieb er liegen. Er war einfach durch die Wand hindurchgeflogen, als ob sie Luft wäre.

William rührte sich nicht und wartete auf den nächsten Schuss.

Erst nach einer Weile wagte er sich aufzusetzen, und nun sah er, dass er sich ganz woanders befand.

36

William blieb erst einmal sitzen und lauschte einem tiefen Grollen, das ihn am ganzen Leib zittern ließ.

So sehr, dass er kaum noch klar sehen konnte. Cornelia Strangler hatte also gar nicht versucht, ihn zu töten, sie hatte ihn einfach durch die Wand teleportiert. So, wie vorhin in der Eishöhle. Hatte sie ihn also nur deshalb durch die Gänge gejagt, um ihn hierher zu bringen? Wollte sie ihn unbedingt hier haben?

William kam langsam auf die Beine. Sie fühlten sich an wie Pudding. Er sah sich um.

Die turmhohen Wände trafen in einem Deckengewölbe aufeinander. Und mitten in der großen Halle entdeckte er etwas, das er sofort erkannte.

Hoch über dem Boden schwebte eine silberfarbene Kugel. Sie hing so hoch oben, dass ihre Größe unmöglich zu beurteilen war, und sie glänzte so sehr, dass es fast wehtat, sie anzusehen. Sie hatte etwas Hypnotisierendes. William kam es fast so vor, als riefe sie ihn zu sich. Er spürte ein leichtes Vibrieren im Bauch. War das das Luridium?

William fiel wieder ein, wo er die schwebende Kugel schon einmal gesehen hatte.

Bei seinen Anfällen.

Er war hier in diesem Raum gewesen. Und hier hatte er Talley unter der Kugel stehen und ihm winken sehen. Als sollte William mit ihm kommen.

Und plötzlich wusste William, was er hier vor sich sah. Es konnte nichts anderes sein als das Portal, von dem Goffman gesprochen hatte. Das Kryptalportal.

William starrte hoch zu der Kugel, die sich über ihm in der Luft drehte. Ein blauer Lichtstrahl spannte sich von der Unterseite der Kugel bis zum Boden. William folgte dem Strahl mit seinem Blick.

Er war so auf die schwebende Kugel konzentriert gewesen, dass er erst jetzt bemerkte, was darunter auf dem Boden stand.

Ein länglicher weißer Metallbehälter.

Er erkannte ihn von den Bildern wieder, die Goffman ihm gezeigt hatte.

Es war Talleys kryogenischer Tank.

Williams Herz hämmerte. Wieder war er vor Angst fast wie gelähmt. Und er dachte an das letzte Mal, als er mit Talley allein gewesen war. Da hatte der runzlige alte Kerl mit seiner übermenschlichen Kraft versucht, ihm das Luridium aus dem Leib zu quetschen.

Plötzlich entdeckte William eine Reihe blinkender roter Ziffern an der Seite des Tanks. Die Zahlen veränderten sich unaufhörlich. Es war ein Countdown. Mit langsamen Schritten ging William auf den Tank zu. Die ganze Zeit hielt er den Blick auf die blinkenden Zahlen gerichtet.

Das Display zeigte 00:10:08.

Nur noch zehn Minuten, dann war Talley wieder aufgetaut.

»Vergiss nicht, was du mir versprochen hast«, sagte Cornelia Stranglers Stimme direkt neben ihm.

William drehte sich um. Da war sie und starrte ihn mit wildem Blick an. In der einen Hand hielt sie den Orbis.

»Wo ist Iscia?«, fragte William.

Sie grinste.

»Das Einzige, was du tun musst, um sie zu retten, ist, den hier zu zerstören«, sagte sie und hielt ihm den Orbis hin.

»Wie soll ich das machen?«, fragte William.

»Das musst du selbst herausfinden«, sagte sie. »Ich weiß, dass er eine selbstzerstörende Funktion besitzt. Aber zuerst musst du den Sicherheitscode knacken.«

William überlegte.

Sie schien den Code nicht zu kennen. Wenn es ihr so wichtig war, den Orbis zu vernichten, und wenn William als Einziger dazu in der Lage war ...

Plötzlich verfügte er über ein Druckmittel.

»Ich tu gar nichts, solange Sie mir nicht gezeigt haben, dass Iscia unversehrt ist«, sagte er entschieden.

Er starrte ihr ins Gesicht, obwohl er solche Angst hatte, dass sein ganzer Körper schmerzte.

Cornelia Strangler verdrehte die Augen und seufzte.

»Du hast wirklich kein Vertrauen zu mir, oder was?«, fragte sie, fast ein wenig resigniert.

»Ich will sie sehen«, verlangte William.

Er blickte zu der schwebenden Kugel hoch. Sie hatte etwas Außerirdisches, Fremdes. Und dennoch fühlte er sich auf seltsame Weise zu ihr hingezogen, als ob er in ihrer Nähe sein wollte, am liebsten in sie hineinstiege. Es fiel ihm schwer, sich zu konzentrieren.

Für einen kurzen Moment dachte er an die Theorie, dass nur Menschen mit Luridium im Körper die Welt verlassen hatten. Fühlte er sich deshalb so zu der schwebenden Kugel hingezogen?

Wollte das Luridium in ihm ihn dazu bringen, ebenfalls die Erde zu verlassen?

William blieb stehen und schaute hoch zu der runden, glitzernden Oberfläche. Vielleicht wäre das gar nicht so dumm? Er hatte gute Lust, mit Kämpfen aufzuhören. Nachzugeben. Sich einfach wegschicken zu lassen.

Vielleicht würde ihm auf der anderen Seite jemand begegnen, der ihm eine Antwort geben könnte. Eine Antwort auf die Frage, was er mit dem ganzen Luridium in seinem Körper anfangen sollte.

»Du spürst es auch, nicht wahr«, sagte Cornelia Strangler und schaute zu der Kugel hoch. »Es ist noch nicht zu spät, weißt du.«

»Zu spät wozu?«, fragte William.

»Mit ihm zu gehen. Talley könnte einen wie dich brauchen«, sagte sie und nickte zu dem Tank hinüber. »Außerdem gehörst du doch dorthin.«

»Nein«, sagte William und zwang sich, an Iscia zu denken. Die Schwingungen des Kryptalportals pulsierten in seinem Kopf und schienen seinen Willen auszuschalten.

Er zwang sich in die Gegenwart zurück.

»ICH WILL SIE SEHEN«, schrie er. »ICH WILL ISCIA SEHEN!«

»Na gut, von mir aus«, seufzte Cornelia Strangler genervt. »Halt den mal fest.« Sie trat einige Schritte vor und hielt ihm den Orbis hin.

William zögerte.

»Ich habe nur zwei Arme. Ich kann nicht den Orbis festhalten und dir gleichzeitig Iscia zeigen«, sagte sie jetzt reichlich gereizt.

William nahm den Orbis und schaute wieder zu ihr. Wollte sie ihn auf die Probe stellen?

Oder war sie einfach abgelenkt und dachte gar nicht daran, dass er noch immer die Möglichkeit hatte, das Portal zu deaktivieren?

Er drehte den Orbis zwischen seinen Händen. Es würde wohl doch zu lange dauern. Sie würde ihn garantiert pulverisieren, ehe er den Code gelöst hätte.

Ihre heisere Stimme riss William aus seinen Gedanken.

»Hier ist sie«, sagte sie.

Dann drückte sie auf verschiedene Knöpfe auf ihrem mechanischen Arm und hielt ihn in die Mitte des Raumes. Ein blauer Strahl schoss hervor und traf den Boden. Und dort nahmen die Umrisse eines Menschen Gestalt an.

Bald darauf hing Iscia ein Stück von ihnen entfernt in der Luft. Sie schien im Stehen zu schlafen. Ihre Augen waren geschlossen. Und ihr Kopf hing zur Seite.

Als der Strahl verschwand, sank sie zu Boden und blieb dort liegen.

»ISCIA!«, rief William.

»Rufen bringt nichts. Sie kann dich nicht hören«, sagte ihre heisere Stimme.

»Wie soll ich dann wissen, dass sie noch lebt?«, fragte er.

Sie starrte ihn an.

»Du bist wirklich ein Starrkopf«, sagte sie.

Abermals zeigte ihre mechanische Hand auf Iscia. Als der nächste blaue Strahl sie traf, zuckte Iscias Körper.

Sie öffnete die Augen und sah sich verwirrt um.

»Iscia!«, sagte William.

Sie hörte ihn und ihre Blicke begegneten einander.

»William?«, fragte sie mit leiser Stimme. Sie versuchte aufzustehen, sank aber wieder zu Boden.

Er wollte sofort zu ihr stürzen und ihr helfen. Aber Cornelia Strangler schien seine Gedanken erraten zu haben.

»Vergiss es. Du wirst erst deine Aufgabe erledigen. Jetzt bist du an der Reihe. Talley kommt in zwei Minuten zu sich. Sowie er durch das Portal hindurch ist, musst du den Orbis deaktivieren, damit niemand ihm folgen kann.«

William sah den Orbis an, den er in den Händen hielt.

»Wovon redet sie da?«, fragte Iscia, die inzwischen auf die Beine gekommen war.

»Nichts weiter«, sagte William.

»Sollst du ihr helfen, Talley durch das Portal zu schicken?«, fragte sie und sah ihn ängstlich an.

William schüttelte hektisch den Kopf. »Nein, ich ...«

»Sei still!«, schrie Cornelia Strangler und richtete drohend ihre mechanische Hand auf Iscia.

Iscia machte einen Schritt auf sie zu, ehe sie abrupt stehen blieb, als wäre sie gegen eine unsichtbare Mauer gerannt. Mit einem lauten *zapp* wurde sie zurückgeschleudert.

William war wie gelähmt. Das war ein entsetzliches Dilemma.

Er konnte unmöglich eine Entscheidung treffen.

Er sah erst Iscia an, dann wieder den Orbis. Konnte es denn wirklich so gefährlich sein, wenn Talley die Erde verließ? Wäre das nicht sogar gut? Dann wären sie ihn los ... Für eine Weile jedenfalls. Vielleicht würde Talley sich da, wo er landete, ja so wohlfühlen, dass er die Erde ganz einfach vergaß?

Außerdem wusste er ja gar nicht, ob seine Theorie überhaupt stimmte. Es bestand immer noch die Möglichkeit, dass es auf der anderen Seite des Kryptalportals gar nichts gab. Vielleicht wäre Talley dann ja auch die Rückkehr unmöglich?

William blickte wieder zu Cornelia Strangler. Ihre irren Augen starrten ihn direkt an. Er konnte sich nicht darauf verlassen, dass sie Iscia wirklich freilassen würde.

Aber er konnte auf keinen Fall riskieren, dass Iscia starb. Er dachte zurück an ihre erste Begegnung, als sie ihn vor dem fleischfressenden Rasen im kybernetischen Garten gerettet hatte. Ihm das Leben zu retten, war überhaupt das Erste gewesen, was sie für ihn getan hatte.

Er war es ihr schuldig, jetzt ihr Leben zu retten.

»Hier geht es um mehr als um dich und mich«, sagte Iscia flehend. »Vergiss nicht, dass die Zukunft der ganzen Welt auf dem Spiel steht. Lass dich von ihr nicht in die Irre leiten, William.«

William versuchte seine Ohren zu verschließen.

Er wollte nicht hören, was Iscia sagte. Er sah wieder den Orbis an, dann schaute er zu den roten Ziffern an Talleys kryogenischem Tank hinüber, die nur wenige Sekunden von null entfernt waren.

37

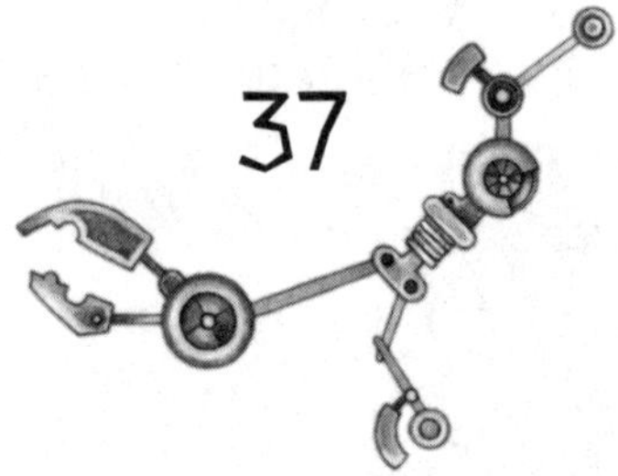

William starrte den Deckel des kryogenischen Tanks an, in dem Talley lag.

Er konnte seinen Blick nicht von der jetzt auf null stehenden Ziffernreihe losreißen. Er wartete darauf, dass der Deckel aufsprang und Talleys verschrumpelte Gestalt herausstieg, wie in einem Vampirfilm.

Aber als dann eine Sekunde nach der anderen verstrich, begriff William, dass das nicht passieren würde.

»Wenn du schon mal hier bist, kannst du dich auch nützlich machen«, sagte Cornelia Strangler und wies mit dem ausgestreckten Arm auf den Tank. »Mach den Deckel auf.«

William blieb stehen. Sie konnte doch nicht von ihm verlangen, dass ...

»Beeil dich«, befahl sie.

William zögerte.

Allein das Wissen, sich in der Nähe von Abraham Talley zu befinden, lähmte ihn beinahe.

Seine Hände fassten den Orbis fester. Was sollte er tun? Versuchen, ihn zu deaktivieren und damit das Portal außer Kraft zu setzen? Oder Cornelia Stranglers Befehl nachkommen und damit Iscia vielleicht das Leben retten.

Es kam ihm unmöglich vor, eine Entscheidung zu treffen.

»William ...«, rief Iscia. »Du darfst ihr nicht helfen. Denk daran, was auf dem Spiel steht!«

William schaute wieder zu dem Tank hinüber.

»Ich ...«, begann er und schwieg dann.

Was könnte er schon sagen?

»Mach den Deckel auf!«, sagte Cornelia Strangler drohend und richtete ihre mechanische Hand auf ihn.

»Tu es nicht«, flehte Iscia. »Du weißt, was passieren kann, wenn Talley durchkommt.«

Mit einem lauten *zapp* schoss ein blauer Strahl auf Iscia zu und sie sank zu Boden.

»Nicht!«, rief William.

Iscia stöhnte und fasste sich an den Kopf.

»Nächstes Mal verpasse ich ihr eine tödliche Dosis«, sagte Cornelias Stranglers heisere Stimme. »Runter mit dem Deckel!«

William blieb nichts anderes übrig, er musste gehorchen. Mit zögernden Schritten ging er zu dem Tank hinüber.

Sein ganzer Körper schien sich dagegen zu wehren.

»Mach schon«, sagte sie. »Dreh den Griff.«

William hob die Hand und legte ihn auf den blanken Griff oben auf dem Deckel.

Er warf einen letzten Blick zu Iscia hinüber, die auf dem Boden hockte und ihn flehend ansah, während sie den Kopf schüttelte.

William schluckte, dann drehte er den Handgriff.

Ein lautes *FSSSSSST* ... war zu hören, als ob der gesamte kryogenische Tank nach Luft schnappte.

William trat zwei Schritte zur Seite, ohne den Tank aus den Augen zu lassen. Der Deckel zitterte und öffnete sich dann langsam. Grauer Frostrauch quoll aus dem dunklen Tank. Und hinter dem Rauch erwachte ein blaues Licht zum Leben.

Im Tank erahnte William die Umrisse eines Körpers.

Der lag still da, ohne sich zu bewegen. Williams Blick wanderte an dem Körper entlang, bis er bei einer sehnigen Hand ankam.

William griff sich an den Hals.

Vor seinem inneren Auge tauchten Bilder dessen auf, was vier Monate zuvor tief unter den Straßen von London geschehen war. Er konnte noch immer spüren, wie sich Abraham Talleys knotige, unbarmherzige Hände um seinen Hals schlossen.

William schaute zu Iscia hinüber.

Ihre Augen waren rot und Tränen rollten ihr über die Wangen. William wusste, dass sie ihm niemals verzeihen würde, wenn er dabei half, Talley durch das Portal zu schicken, selbst wenn er es tat, um sie zu retten.

»Was jetzt?«, fragte er und drehte sich zu Cornelia Strangler um.

»Jetzt stellst du den Orbis dort auf den Boden«, sagte sie und zeigte auf den Boden unter dem Tank.

»Was passiert dann?«, fragte William.

»Was glaubst du wohl?«, fragte sie ungeduldig zurück. »Dann schicken wir Talley durch das Portal.«

William ging zurück zum Tank und hielt dann inne.

»Wie kannst du das nur tun?«, hörte er Iscia rufen.

»Es ist die einzige Chance, dich zu retten«, sagte William. Er konnte sie nicht ansehen.

»Nun mach schon«, rief Cornelia Strangler.

William zögerte, als er von einem Kälteschwall getroffen wurde. Er konnte im blauen Frostrauch die Konturen von Talleys Körper sehen. Er musste sich unglaublich konzentrieren, um die Ruhe zu bewahren. Er durfte jetzt nicht in Panik geraten. Oder, schlimmer noch, einen Anfall bekommen.

»Es tut mir leid, Iscia«, sagte er. Ihre Blicke trafen sich. Er sah die Enttäuschung in ihren Augen.

William bückte sich und stellte den Orbis auf eine runde Metallplatte, die gleich unter dem Tank in den Boden eingelassen war.

Sowie Orbis und Messingplatte sich berührten, begann die große Metallkugel über ihnen zu dröhnen. William richtete sich auf und wich schnell zurück. Er schaute zu Iscia hinüber. Sie starrte hoch zu der Kugel, die bereits heftig vibrierte.

Er senkte den Blick. Wollte das alles nicht sehen.

Es war zu Ende. Strangler und Talley hatten gewonnen.

Jetzt würde Talley also das Portal passieren und noch mehr Krieg und Verderben auf die Erde holen. William hätte sich am liebsten auf den Boden gelegt und aufgegeben. Aber er blieb stehen und lauschte auf das Dröhnen, das jetzt so kräftig geworden war, dass der Boden unter ihnen bebte.

William verspürte jetzt das vertraute Ziehen im Bauch und wusste, dass ein Anfall unmittelbar bevorstand.

Er merkte, wie die Kälte immer stärker wurde und an seinem Rückgrat entlangkroch. Bald würde er die Kontrolle über seinen Körper verlieren und alles wäre zu Ende.

Cornelia Strangler stand wie hypnotisiert da und starrte den Tank an und Talley, der langsam daraus hervorstieg und zu der vibrierenden Kugel emporschwebte. Sein Körper schien zu leuchten.

Das Licht war so blendend hell, dass es schwer war, ihn direkt anzusehen.

William spürte, wie die Kälte sich immer weiter in seinem Körper ausbreitete. Er schaute zu Iscia hinüber, die auf dem Boden in sich zusammengesunken war. Sie schien einfach aufgegeben zu haben.

Die Kälte strömte durch seinen Körper. Das Ziehen in seinem Bauch wurde stärker. Bald würden die Krämpfe einsetzen.

William versuchte nicht einmal, sich dagegen zu wehren. Diesmal würde er es einfach geschehen lassen. Ihm war jetzt alles egal. Er hatte schließlich gerade das Todesurteil der ganzen Welt unterzeichnet. Er verdiente die Schmerzen, die nun über ihn hinwegspülen würden.

Der erste Krampf traf ihn wie ein Fausthieb.

Die Beine schienen unter ihm nachzugeben, und er ging zu Boden. Dort wand er sich vor Schmerzen. Das Dröhnen des Portals verstummte und das blaue Licht um ihn herum wich der Finsternis.

Er befand sich nicht mehr in der riesigen Halle im Gebirge.

William stand zu Hause in Norwegen in der Küche.

Und er war nicht allein.

Sein Vater lehnte am Kühlschrank. Er hatte sich das Exoskelett umgeschnallt.

»Papa?«, fragte William.

Sein Vater drehte sich um und sah ihn freundlich an. Er hielt ein Glas Milch in der Hand.

»William«, sagte er und lächelte.

Williams Anblick schien ihn nicht weiter zu überraschen. Es schien fast, als habe er auf ihn gewartet.

»Ich hab Angst«, sagte William. Er kämpfte jetzt mit den Tränen.

»Wir haben alle ab und zu Angst«, sagte der Vater. »Vergiss nicht, was ich dir gesagt habe, William.«

»Was denn?«, fragte William.

»Du weißt schon«, sagte der Vater und trank einen Schluck Milch.

Aber Williams Kopf schien mit Sirup gefüllt zu sein. Seine Gedanken bewegten sich wie in Zeitlupe. Und es war fast unmöglich, sie in Worte zu fassen.

»Was hast du denn gesagt?«, fragte er.

»Wenn du dich konzentrierst, fällt es dir wieder ein«, sagte sein Vater. Er schien William nicht beim Erinnern helfen zu wollen.

Der Vater nahm sich einen Pfannkuchen von einem Teller auf der Anrichte. Er schaute den Pfannkuchen an, ehe er hineinbiss.

»Siehst du, ich kann inzwischen sogar Pfannkuchen essen, ohne sie mir ins Gesicht zu klatschen«, sagte er und grinste.

Und nun wusste William es wieder.

Damals in der Küche.

Am Tag nach der schrecklichen Fernsehsendung. Am Tag, an dem sein Vater mit seinem Exoskelett in die Küche gepoltert war und sich einen Pfannkuchen ins Gesicht geklatscht hatte.

Was hatte er da noch gesagt?

Er hatte darüber gesprochen, stark zu sein. Dass unsere Begabungen uns manchmal an Orte führen, an denen wir die Stärke in uns selbst finden müssen. Dass wir stärker sind, als wir glauben.

Viel stärker.

Versuchte sein Vater etwa gerade, ihm das zu sagen? Dass er nicht aufgeben dürfte?

»Ich weiß es wieder«, sagte William.

»Das ist gut«, sagte der Vater. »Ich hab gewusst, dass es dir einfallen würde. Es ist immer besser, man kommt von selbst auf etwas.«

»Ich bin stärker, als ich glaube«, sagte William.

»Genau«, sagte der Vater und lächelte.

»Ich bin viel stärker, als ich glaube«, rief William.

»Ja, das bist du!«, sagte der Vater und biss wieder in seinen Pfannkuchen.

Dann füllte sich die Küche mit blauem Licht.

Und William war wieder in der großen unterirdischen Halle im Himalaya.

Er lag noch immer auf dem Boden. Und die Krämpfe in seinem Bauch waren noch stärker geworden. William biss immer noch die Zähne zusammen und wand sich vor Schmerz. Aber in seinem Kopf hörte er die Stimme seines Vaters: »Du bist stärker, als du glaubst, William. Das sind wir alle.«

William hob den Kopf und schaute hinüber zu Iscia, die zusammengekrümmt auf dem Boden lag. Er versuchte zu rufen, aber sein Mund wollte ihm nicht gehorchen.

Cornelia Strangler stand direkt neben ihm und schaute zu Talley hoch, der sich jetzt unmittelbar unter der schwebenden Metallkugel befand.

Ich bin stärker, als ich glaube ... ich bin stärker, als ich glaube, wiederholte William in Gedanken.

Und jetzt wusste er, wenn er alle Furcht abschüttelte, würde er den Anfall überwinden und ihn sogar zu seinem Vorteil nutzen können. Er hatte immerhin Herrn Humburger oben auf ein Bücherregal geworfen. Vielleicht hätte er auch bei Cornelia Strangler eine Chance.

Und plötzlich spürte William, wie in ihm ein gewaltiger Zorn heranwuchs. Er durfte Talley und ihr nicht den Sieg überlassen.

Er musste kämpfen!

38

William biss die Zähne zusammen und versuchte, seinen Anfall in den Griff zu bekommen.

Mühsam kam er auf die Knie. Die Schmerzen waren fast unerträglich. Aber er zwang sich doch zum Aufstehen.

Dann trat er hinter Cornelia Strangler, die nur auf Talley achtete.

Iscia, die entdeckt hatte, dass William etwas im Schilde führte, hob den Kopf vom Boden. Mit neuer Hoffnung in den Augen drehte sie sich zu ihm um.

William legte den Zeigefinger an den Mund und zeigte auf den Orbis unter dem Tank. Iscia nickte und schaute hoch zu Talley, der jetzt beinahe das Kryptalportal erreicht hatte.

Als sein Körper die Kugel berührte, verschwamm die gesamte Oberfläche, als sei sie aus flüssigem Metall gemacht.

Cornelia Strangler kehrte William noch immer den Rücken zu. Ihre ganze Aufmerksamkeit war auf Talley gerichtet. William, der sich so vorsichtig, wie er nur konnte, auf den Tank zu bewegte, bückte sich jetzt und hob den Orbis auf.

Sowie der Orbis die Metallplatte nicht mehr berührte, verstummte das Dröhnen und in der gesamten Halle herrschte Stille.

Auch Talleys zur Hälfte in der Kugel verschwundener Körper kam zum Stillstand und blieb mitten in der Luft hängen.

Cornelia Strangler grunzte irritiert. Sie drehte sich um und entdeckte William, der mit dem Orbis in den Händen hinter ihr stand.

»Was machst du denn da?«, schimpfte sie. »Leg ihn wieder zurück!«

»Nein«, sagte William und schüttelte den Kopf.

Er packte den Orbis fester, um zu verbergen, dass seine Hände zitterten.

Der lähmende Schmerz war heftigem Zorn gewichen. Wie kam sie dazu, ihm zu sagen, was er zu tun hatte? Dass er sich zwischen Iscia und der Welt entscheiden müsste? William wollte beides. Und deshalb musste er jetzt handeln. Es war ihm egal, was aus ihm selbst würde, solange er Iscia in Sicherheit bringen und verhindern könnte, dass Talley durch das Portal verschwand.

»HER DAMIT!«, befahl Cornelia Strangler.

William ging langsam rückwärts und konzentrierte sich ganz auf den Orbis. Er hatte keine andere Wahl, er musste versuchen, den Orbis zu zerstören, ehe Talley durch das Portal hindurch war, nicht erst danach.

Er merkte, dass er seinen Anfall jetzt unter Kontrolle hatte. Der Schmerz war verschwunden und er fühlte sich stärker denn je. Wie immer, wenn er einen Orbis ansah, schien er einfach zu wissen, was er zu tun hatte. Seine Finger begannen zu arbeiten. Sie drehten und wendeten den Orbis in einem unglaublichen Tempo.

Vielleicht könnte er es schaffen.

Als er die Schritte hörte, war es schon zu spät.

Er drehte sich gerade noch rechtzeitig um, um zu sehen, dass Cornelia Strangler sich auf ihn stürzte. Ihr Gesicht war vor Wut vollkommen verzerrt. Sie traf ihn mit voller Wucht, sodass William das Gleichgewicht verlor und nach hinten fiel.

Er knallte auf den Rücken, und Cornelia Strangler landete auf ihm.

»Her damit«, rief sie und griff mit ihrer menschlichen Hand nach dem Orbis.

Sie bleckte die gelben Zähne und ihr muffiger Atem ließ seine Augen brennen. Dann richtete sie ihre mechanische Hand auf seinen Kopf. William packte instinktiv mit seiner freien Hand zu. Wenn ihr Arm mechanisch war, musste man ihn doch abreißen können.

Er riss und zerrte daran. Aber der Arm saß fest. Dann stieß die Hand einen lauten Piepton aus. Das bedeutete, dass sich eine kräftige Dosis auflud. William ließ den Orbis los und packte den Arm jetzt mit beiden Händen.

Er zog, so fest er konnte.

Aber der Arm bewegte sich noch immer nicht.

Der Piepton wurde lauter und lauter. Gleich würde William in den Boden eingeschmolzen werden.

»Versuch ihn zu drehen«, hörte er Iscia rufen.

William war verzweifelt. Er packte den mechanischen Arm noch fester und drehte ihn, zuerst in die eine Richtung. Nichts passierte.

Dann in die andere.

Und mit einem leisen *klick* löste sich der gesamte Unterarm.

»NEEEEIN!«, schrie sie und versuchte ihn mit der anderen Hand festzuhalten.

Aber William kroch schon rückwärts und kam wieder auf die Beine.

»HER DAMIT!«, schrie sie und stürzte sich auf ihn.

William richtete den Arm jetzt auf sie und drückte auf alle Knöpfe gleichzeitig.

Dann war ein lautes *zapp* zu hören und ein blauer Strahl schoss heraus, streifte ihren Mantel und traf die Wand hinter ihr. Für einen kurzen Augenblick schien die ganze Wand durchsichtig zu werden. Und William sah auf der anderen Seite die Umrisse von Menschen. Das mussten sein Großvater und die anderen sein, die jetzt den Weg hierher gefunden hatten und versuchten, zu ihnen zu kommen.

»HAHAHAHAHA«, Cornelia Strangler lachte heiser. »Bei wem hast du denn Schießen gelernt?«

Nun entdeckte William auf der Innenseite des Armes einen weiteren Knopf und drückte darauf. Ein neuer Strahl schoss aus dem Arm und traf Cornelia Strangler mitten im Bauch. Sie wurde rückwärts geschleudert und glitt über den Boden. Er blieb stehen und wartete darauf, dass sie wieder auf die Beine kam und ihn ein weiteres Mal angriff.

Aber sie bewegte sich nicht.

Sie lag leblos auf dem Boden.

William schaute hinüber zu Iscia, die auf die Beine gekommen war und ihn verängstigt anstarrte.

Dann drehte er sich zur Wand um, hob Stranglers mechanischen Arm und drückte wieder auf den Knopf. Mit einem neuen lauten *zapp* schoss ein blauer Strahl aus der Waffe und traf die Wand.

»Mach das noch mal«, rief Iscia.

Ein weiteres *zapp* und abermals wurde die Wand durchsichtig. William konnte sehen, dass die Gestalten jetzt auf ihn zu rannten. Eine nahm Anlauf und sprang durch die Wand.

Es war sein Großvater, der mit beiden Füßen auf dem Boden landete und sich mit erhobenem Passivator umblickte. Und er war nicht allein. Es war noch jemand bei ihm.

Nun trat Freddy durch die Wand und blickte verwirrt in die Runde, dann entdeckte er William, der noch immer den mechanischen Arm in der Hand hielt.

Plötzlich setzte hinter William abermals das Dröhnen ein.

Er fuhr herum und sah Cornelia Strangler unter dem Portal stehen. Der Orbis lag wieder auf der Messingplatte und Talley verschwand weiter im Portal.

»William, weg da«, rief der Großvater und zeigte mit dem Passivator auf Talley. »Wir müssen ihn aufhalten!«

Aber Cornelia Strangler hatte sich bereits wie eine wilde Bestie auf William gestürzt. Sie riss ihm ihren mechanischen Arm aus den Händen.

William drehte sich um und sah, wie der Großvater mit hoch erhobenem Passivator auf das Portal zustürzte.

Cornelia Strangler zielte auf den Großvater.

»Opa, aufpassen«, rief William.

Der Großvater blieb abrupt stehen, zielte mit dem Passivator auf Cornelia Strangler und drückte im selben Moment ab wie sie.

Die Lichtstrahlen der beiden Waffen jagten aneinander vorbei und beide wurden getroffen.

Der Großvater wurde rückwärts geschleudert und knallte auf den Boden.

Cornelia Strangler sank in sich zusammen und blieb einfach liegen.

»OPA!«, rief William und stürzte zu ihm hinüber.

Er ließ sich neben den Großvater fallen und hob seinen Kopf hoch. Entsetzt stellte er fest, dass er seine Hände durch den Kopf des Großvaters sehen konnte. Sein Großvater war gerade dabei, sich aufzulösen.

Er hob noch einmal die Hand und zeigte auf etwas in Williams Rücken.

»Es ist zu spät«, stöhnte er.

William drehte sich in dem Moment um, in dem Talleys Körper hoch oben in der leuchtenden Kugel verschwand. Das blanke Metall schien sich um ihn herum zusammenzufalten.

Und dann war er verschwunden.

William saß auf dem Boden und starrte die Metallkugel an.

Jetzt war es wieder ganz still in der großen Halle.

Plötzlich schien die Metallkugel in einem blendenden blauen Licht zu explodieren. William wurde rückwärts geschleudert und landete auf dem Rücken. Er setzte sich auf und versuchte etwas zu erkennen, aber er war von dem grellen Licht vollkommen geblendet.

Dann verschwand das Licht so schnell, wie es gekommen war. Und William konnte seine Umgebung wieder sehen.

Freddy lag ein Stück von ihm entfernt auf dem Boden. War auch Freddy etwa getroffen worden?

»Alles in Ordnung, Freddy?«, rief William.

Aber Freddy gab keine Antwort. Er stand auf, ohne den Blick von der schwebenden Kugel zu lösen. Er starrte sie an wie hypnotisiert.

William lief zurück zu seinem Großvater, der inzwischen noch durchsichtiger geworden war.

»Opa ... was machen wir jetzt?«, rief er verzweifelt.

»Plan B«, antwortete der Großvater und fasste sich an den Hals.

»Plan B?«, wiederholte William.

»Wo ist sie?«, fragte der Großvater mit schwacher Stimme.

»Was denn?«, fragte William.

»Meine Kette«, flüsterte der Großvater. »Mit dem USB-Stick ...«

William sah sich um und entdeckte die Kette ganz in der Nähe auf dem Fußboden.

»Beeil dich«, sagte der Großvater. »Hol sie dir.«

William kroch hinüber, schnappte sich die Kette und kroch zurück.

»Bewahr sie gut auf«, sagte der Großvater.

William nickte. Er streifte sich die Kette über den Hals, ohne den jetzt fast ganz durchsichtigen Großvater aus den Augen zu lassen.

»Es tut mir so leid«, schluchzte William.

»Ab jetzt musst du wohl ohne mich zurechtkommen«, sagte der Großvater und versuchte ein Lächeln. »Du musst die Arbeit fortsetzen, die ich begonnen habe, und alles tun, was in deiner Macht steht, um Talley aufzuhalten.«

»Aber wie denn?«, flüsterte William. »Ich weiß nicht, wie ... er ist ja schon durch das Portal ...«

»Das Institut wird dir helfen«, flüsterte der Großvater.

Er war jetzt so durchsichtig, dass William ihn kaum noch erkennen konnte. »Und noch jemand kann dir helfen.«

»Wer denn?«, fragte William.

»Jemand, der dir näher ist, als du denkst«, antwortete der Großvater.

William blieb wie gelähmt sitzen und starrte den Großvater an. Er wusste, dass er nichts mehr tun konnte, um ihn zu retten. Tränen rollten ihm über die Wangen. Wovon redete der Großvater nur? Von wem sprach er?

»Vergiss nie, wie unsagbar lieb ich dich habe, William.«

William merkte, wie der Großvater sich vor seinen Augen auflöste.

»Opa ...«, schluchzte er verzweifelt.

»William ... es wird Zeit, dass er zurückkommt ...«

»Zurück?«, fragte William. »Wer denn?«

Aber der Großvater gab keine Antwort.

Er war verschwunden.

William starrte den Boden an, wo eben noch sein Großvater gelegen hatte. Er konnte nicht glauben, was hier passiert war.

War sein Großvater wirklich tot?

Er schaute zu der Stelle hinüber, an der Cornelia Strangler gelegen hatte. Auch sie war spurlos verschwunden.

»William«, hörte er jemanden rufen.

Er drehte sich um und sah Iscia, die aufgeregt auf etwas zeigte.

William richtete sich auf.

Vor sich entdeckte er Freddy, der langsam auf den blauen Lichtschein des Portals zuging.

»FREDDY!«, rief er. »Bleib stehen!«

Aber Freddy reagierte nicht. Er ging einfach weiter.

»Was machst du da?«, rief William und lief hinter ihm her.

»Halt ihn auf!«, rief Iscia.

Freddy blieb unmittelbar vor dem Lichtschein stehen und sah sich um. Er warf Iscia einen kurzen Blick zu. »Tut mir leid«, sagte er, dann trat er in das blaue Licht hinein.

»Nein!«, rief William.

Er konnte noch Freddys Hosenbein packen, aber Freddy selbst war schon hoch in der Luft. Die Kraft, die Freddy zum Portal hochzog, war so stark, dass William ihr nicht gewachsen war.

William ließ los und sah zu, wie Freddys Körper in der großen schwebenden Metallkugel verschwand.

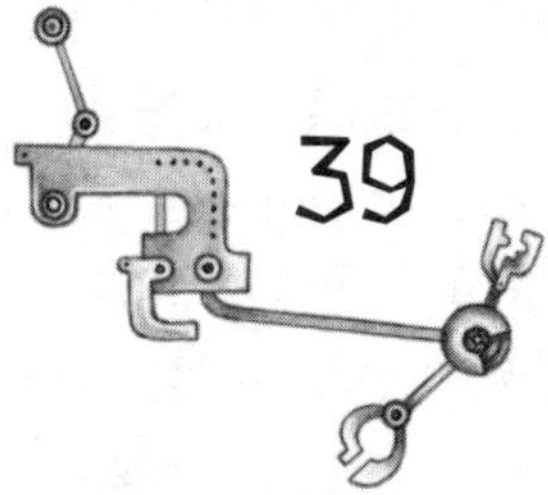

39

William riss die Augen auf und rang nach Atem.

Er saß in einem Flugzeug und war von lauter Menschen umgeben. Ganz normalen Menschen.

Er brauchte einige Sekunden, um aufzuatmen. Er dachte an den Rückflug aus dem Gebirge, zusammen mit Goffman, Iscia und den beiden Chauffeuren. Nachdem der Großvater und Freddy verschwunden waren, war die Stimmung verständlicherweise sehr gedrückt gewesen. Sie hatten Talley nicht aufhalten können. Aber immerhin waren sie noch am Leben. William schaute auf seine Hände hinab. Er hatte inzwischen gelernt, seine Anfälle in den Griff zu bekommen. Und Goffman hatte ihn gelobt. Aber Lob interessierte William jetzt nicht. Er konnte noch immer nicht glauben, dass sein Großvater nicht mehr da war.

»Wir haben mit dem Anflug auf London begonnen und werden in etwa zwanzig Minuten landen«, sagte ein Mann über Lautsprecher.

»Endlich, du bist wach«, sagte eine andere Stimme.

William schaute auf und sah Iscia, die sich auf den Sitz neben seinem fallen ließ. Sie hielt eine Tüte mit gemischten Nüssen in der Hand.

»Wie lange habe ich geschlafen?«, fragte er.

»Über zwölf Stunden«, antwortete Iscia und reichte ihm die Tüte mit den Nüssen. »Möchtest du?«

William griff sich eine Handvoll, kaute und schluckte. Er hatte einen wahnsinnigen Hunger. Er nahm Iscia die kleine Tüte aus der Hand, öffnete den Mund und schüttete den gesamten Inhalt der Tüte hinein.

»Wasser?«, fragte sie und hielt ihm eine Flasche hin.

William nahm die Flasche dankbar an und trank gierig. Er hatte das Gefühl, viele Jahre lang geschlafen zu haben. Er ließ sich auf dem Sitz zurücksinken und schaute aus dem Fenster. Er blickte hinab auf London, das tief unter ihm lag, und auf die hohen Gebäude, die zu ihnen hochstrebten.

Plötzlich fiel ihm der USB-Stick ein, den der Großvater ihm gegeben hatte, und er fasste sich an den Hals. Die Kette war verschwunden. Panik stieg in ihm auf.

»Ich hab sie in deine Jackentasche gesteckt, als du geschlafen hast«, sagte Iscia, der klar war, wonach er suchte. »Du hast sie dir im Schlaf vom Hals gerissen.«

William schob die Hand in die Jackentasche und berührte den USB-Stick. Er atmete erleichtert auf.

»Ich kann es noch immer nicht glauben«, murmelte er.

»Was denn?«, fragte Iscia.

»Dass Opa nicht mehr da ist«, antwortete William.

»Nein ...«, sagte sie. »Das ist vollkommen unwirklich. Dein Opa ist mir immer ... unsterblich vorgekommen.«

William zog den USB-Stick hervor, drehte ihn und betrachtete ihn von allen Seiten.

»Was da wohl darauf ist?«, überlegte er.

»Das erfährst du, wenn du zu Hause bist«, sagte Iscia.

Sie schwiegen eine Weile.

»Was ist mit Freddy?«, fragte William dann und sah Iscia an.

Ihr Gesicht wurde starr. Sie senkte den Blick.

»Ich begreife nicht, was in ihn gefahren war«, flüsterte sie.

»Was meinst du, warum er das getan hat?«

»Ich weiß nicht«, sagte sie nachdenklich. »Es sah fast so aus, als ob andere ihn lenkten.«

»Was glaubst du, wo er jetzt ist?«, fragte William. »Auf der anderen Seite zusammen mit Talley oder ... tot?«

»Ich hoffe, dass er nicht tot ist. Aber ich hoffe auch, dass er nicht mit Talley zusammen ist.«

William schaute aus dem Fenster und blickte zum blauen Himmel.

»Ich habe das seltsame Gefühl, dass wir ihn irgendwann wiedersehen werden«, sagte er nachdenklich.

Dann schwiegen sie eine Weile.

»Gehst du jetzt zurück ins Institut?«, fragte William irgendwann.

»Ja«, sagte sie. »Ich wüsste sonst nicht, wohin.«

Er sah sie an. Sie sah fast ein bisschen traurig aus.

»Außerdem habe ich ja da meine Arbeit«, fügte sie hinzu und lächelte. »Ich muss mich um so viele Dinge kümmern.«

Nach einer kurzen Pause blickte sie ihn an und fragte: »Du kommst doch auch zurück, oder?«

»Weiß nicht«, antwortete er. »Jetzt, wo Opa ...«

Er überlegte. Es war ja nicht gesagt, dass das Institut ihn noch haben wollte. Er hatte Cornelia Strangler ja nicht davon abhalten können, Talley durch das Kryptalportal zu schicken.

»Ich glaube, sie brauchen dich dort mehr denn je«, sagte Iscia, die seine Gedanken gelesen zu haben schien.

»Vielleicht ...«, antwortete er.

»Aber ich habe das alles nicht aufhalten können ... und jetzt ist Talley bei ihnen.«

»Das wissen wir doch gar nicht«, sagte Iscia. »Vielleicht ist er an einem ganz anderen Ort gelandet?«

»Wo denn, zum Beispiel?«, wollte William wissen.

»Auf dem Mars?«, sagte sie und lächelte.

»Oder auf Pluto«, sagte William.

Iscia wurde ernst. Sah William lange an.

»Wolltest du das wirklich tun?«, fragte sie dann.

»Was denn tun?«, fragte er, obwohl er eigentlich wusste, wovon sie redete.

»Ihr dabei helfen, Talley loszuschicken«, sagte sie.

William gab keine Antwort.

Er sah sie nur an. Wusste nicht, was er sagen sollte.

»Die gesamte Weltbevölkerung ist viel wichtiger als ich«, flüsterte sie.

»Das weiß ich«, sagte er leise.

Aber im tiefsten Herzen war er sich nicht sicher, ob er das wirklich so meinte. Denn Iscia war für ihn schon längst zu einem der wichtigsten Menschen auf der ganzen Welt geworden.

William und Iscia schwiegen eine Weile.

Obwohl er so lange geschlafen hatte, fühlte William sich

reichlich erschöpft. Sein Blick ruhte auf den weißen Wolken unterhalb des Fensters. So in dem unendlichen Blau zu schweben hatte etwas Beruhigendes.

»Ich weiß, wer du bist«, sagte eine helle Kinderstimme.

William riss seinen Blick von den Wolken los und schaute sich um. Er entdeckte einen Jungen, der auf der anderen Seite des Mittelgangs saß.

»Was?«, fragte William verwirrt.

»Ich weiß, wer du bist«, sagte der Junge noch einmal. »Ich hab dich im Fernsehen gesehen.«

Und jetzt begriff William, wovon der Junge da redete. Er hatte ihn wohl in der Fernsehshow gesehen, in der William von Vektor Hansen geschlagen worden war. Und plötzlich waren alle bösen Erinnerungen wieder da. Die Niederlage. Die Schlagzeilen. Vektor Hansen, der rief: »Ich habe gewonnen! Ich habe William Wenton geschlagen.« Und die Anfälle. Die Angst und die Unsicherheit.

Williams Magen krampfte sich zusammen.

»Du bist William Wenton«, sagte der Junge. »Der beste Codeknacker der Welt.« Der Junge hielt etwas hoch, das William sofort erkannte: die Schwierigkeit.

William starrte den Plastikzylinder an.

Seit dem schrecklichen Tag einige Wochen zuvor, als William bei dem Versuch, die Schwierigkeit zu lösen, gegen Vektor Hansen verloren hatte, hatte er sich alle Mühe gegeben, die Schwierigkeit zu vergessen. Er hatte auch vergessen, dass sie in Norwegen und überall auf der Welt in Spielwarenläden verkauft werden sollte.

William schaute sich um und sah, dass auch die restlichen Fluggäste ihn entdeckt hatten. Und viele starrten ihn nun an, während sie miteinander tuschelten. Einige zeigten sogar auf ihn.

»Ich versuche das jetzt schon seit Tagen«, sagte hinter ihm eine Mädchenstimme. »Aber ich komme einfach nicht weiter. Es ist wirklich schwierig.«

William drehte sich um und sah ein blondes Mädchen in seinem eigenen Alter. Sie beugte sich einige Reihen hinter ihm über eine Sitzlehne und hielt ebenfalls eine Schwierigkeit hoch.

»Geht mir auch so«, sagte der Mann vor William. Auch er hatte eine.

»Die scheinen alle eine zu haben«, flüsterte Iscia.

»Kannst du das für mich lösen?«, fragte der Junge, der zuerst gesprochen hatte.

»Na ja ...«, sagte William zögernd. Sein Magen zog sich wieder zusammen, als er daran dachte, was während der Fernsehshow geschehen war. An seinen Anfall. Und die Niederlage. Die Unsicherheit, was damals mit ihm vor sich gegangen war.

Aber jetzt wusste er ja, was diese grauenhaften Anfälle ausgelöst hatte. Und er wusste, dass es jetzt nicht wieder passieren würde.

»Na los«, sagte der Junge und hielt ihm die Schwierigkeit hin.

»Biiiiiitte«, flehte das blonde Mädchen. Sie stand jetzt neben William im Mittelgang. »Es wäre einfach suuuuper, dir dabei zuzusehen.«

William blickte zu Iscia hinüber. Sie zuckte mit den Schultern und lächelte.

William spürte, wie sich sein Puls beschleunigte. Und er zitterte fast vor Unruhe, es war fast, als ob er sich vor diesem albernen Spielzeug fürchtete. Hatte er wirklich Angst vor einem Plastikzylinder, der in Spielwarenläden verkauft wurde?

»Okay«, sagte er. Und ohne weiter nachzudenken, nahm er dem Jungen die Schwierigkeit aus der Hand.

William ließ sich im Sitz zurücksinken und starrte sie an. Sie fühlte sich in seinen Händen leicht an. Eine drückende Stille senkte sich über das Flugzeuginnere. Alle um ihn herum schienen voller Spannung abzuwarten, was er jetzt tun würde.

Und als er noch so dasaß, dachte William daran, dass dieses alberne Spielzeug der einzige Code war, den er nicht hatte knacken können.

Er schloss die Augen.

Sofort setzten die Schwingungen ein. Sie begannen wie immer in seinem Bauch. Dann stiegen sie sein Rückgrat hoch und in seine Arme. Alles um ihn herum verschwand und bald sah er nur noch die Schwierigkeit.

Die Schwingungen breiteten sich in seine Finger aus. Dann fingen seine Hände an zu arbeiten.

Schneller und schneller.

Als habe eine unsichtbare Kraft die Führung übernommen.

Ort und Zeit waren nicht mehr da.

Plötzlich verschwand die Schwierigkeit aus seinen Händen.

William kam zu sich und blickte sich verwirrt um. Sein Blick wanderte zu Boden. War es wieder passiert? War ihm die Schwierigkeit doch wieder aus den Händen gefallen? Und lag sie jetzt auch hier zerbrochen auf dem Boden, wie in der Sendung, als er von Vektor Hansen besiegt worden war?

Aber die Schwierigkeit war nirgends zu sehen. William musterte noch einmal seine Hände.

Das Ziehen war verschwunden.

Und nun hörte er es: Applaus. Jubel.

William hob den Blick. Die Menschen lachten ihn an und schwenkten die Arme. Er sah Iscia an, und sie applaudierte ebenfalls und lächelte von einem Ohr zum anderen. Der Junge, der ihm die Schwierigkeit gegeben hatte, beugte sich zu ihm und rief, während er ihm den Zylinder vor das Gesicht hielt:

»DU HAST ES GESCHAFFT! ICH HAB DOCH GEWUSST, DASS DU ES SCHAFFEN WÜRDEST!«

William sah die Schwierigkeit an. Und richtig. Alle Seiten sahen jetzt gleich aus. Er hatte den Code geknackt. Aber so großartig war das doch nun auch nicht, dachte William und sah die vielen jubelnden Menschen an. Das war ja nur ein Spielzeug. Warum freuten sie sich alle so?

»Du hast es in vierzehn Sekunden geschafft«, rief der Junge. »VIERZEHN SEKUNDEN! Das ist ein neuer Rekord. Du hast Vektor Hansen vernichtend geschlagen.«

»Der hat über eine Minute gebraucht«, rief das Mädchen, das noch immer im Mittelgang stand.

»Und ich habe alles auf Video«, verkündete der Mann auf

dem Sitz vor ihm. Er kniete da und hielt sein Mobiltelefon hoch.

Der Junge drückte William noch einmal die Schwierigkeit in die Hand. William ließ sich im Sitz zurücksinken und sah sie an. Und dann spürte er es. Freude durchströmte ihn.

Er hätte nie gedacht, dass er sich so darüber freuen könnte, ein Spielzeug zu besiegen. Aber so war es nun eben.

Er freute sich wahnsinnig.

William hielt sich die Schwierigkeit über den Kopf und stieß einen echten Jubelschrei aus.

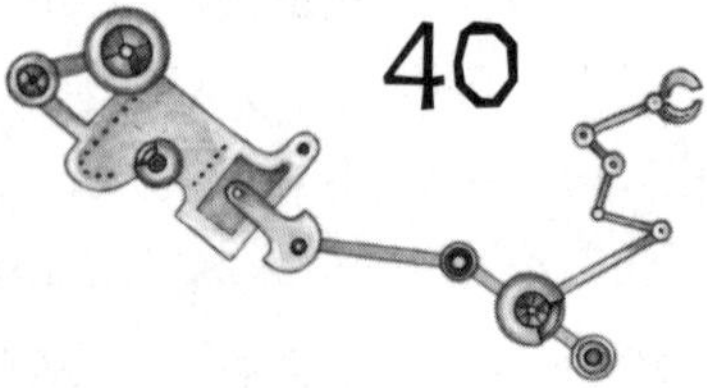

40

William blieb in der Tür stehen.

Er ließ seinen Blick durch sein altes Zimmer wandern. Obwohl nur wenige Wochen vergangen waren, schien es viele Jahre her zu sein, dass er zuletzt hier gewesen war. Er kam sich anders vor. Erwachsener irgendwie.

Sein Blick blieb an dem großen Schreibtisch hängen, den er von seinem Großvater bekommen hatte. Er ging hinüber und legte die Hand auf das kühle Holz. Fuhr mit den Fingern über die vielen seltsamen Zeichen, die der Großvater dort eingeritzt hatte.

Er hob die Zeitung hoch, die er in der Hand hielt. Auf der Vorderseite stand in riesigen Lettern:

DIE SCHWIERIGKEIT
NEUER REKORD: 14 SEKUNDEN
WILLIAM WENTON OFFENBAR DOCH GENIAL
VEKTOR HANSEN VERLANGT NACH VERNICHTENDER NIEDERLAGE REVANCHE

William faltete die Zeitung zusammen, öffnete eine Schreibtischschublade und legte die Zeitung hinein. Sein Laptop stand wie immer auf dem Schreibtisch. William setzte sich und klappte ihn auf, dann fischte er den Speicherstick aus der Hosentasche, steckte ihn in das USB-Portal und wartete. Sein Fuß tappte voller Spannung auf und ab, während er den Bildschirm anstarrte und darauf wartete, dass etwas passierte.

Aber es passierte nichts.

Der Rechner schien nicht einmal zu registrieren, dass William den Stick angeschlossen hatte.

Vielleicht funktionierte er nicht mehr?

William wartete noch ein bisschen.

Aber noch immer passierte nichts.

Irritiert klappte William den Laptop wieder zu, stand auf und ging zur Tür.

»Wo willst du hin?«, fragte eine Stimme.

William blieb stehen, drehte sich aber nicht um. Er traute sich nicht. War er etwa nicht allein im Zimmer?

»Du musst schon etwas mehr Geduld haben.«

William drehte sich um und schaute sich im Zimmer um. Er war wirklich allein. Er sah den Laptop an.

»Komm zurück.«

Die Stimme kam ihm bekannt vor.

William starrte den Rechner an, als habe er Angst, er könne explodieren, wenn er ihn anfasste.

»Worauf wartest du, William?«, fragte die Stimme jetzt. »Mach mich auf.«

Es war wie ein elektrischer Schlag, als er begriff, wer da mit ihm sprach.

Es konnte doch nicht ...

Das war unmöglich!

Vorsichtig streckte er eine Hand aus und klappte den Laptop ein weiteres Mal auf. Er trat einen Schritt zurück, als ein vertrautes Gesicht ihn vom Bildschirm her ansah.

»Warum so ängstlich, William?«, fragte der Großvater. »Ich dachte, du hättest dich inzwischen an neue Technologien gewöhnt ...«

Er konnte es einfach nicht glauben. Auf den ersten Blick sah es so echt aus wie ein Video. Aber nun begriff er, dass er eine Computeranimation vor sich hatte.

William setzte sich vor den Schreibtisch, ohne den Großvater aus den Augen zu lassen.

»Kannst du ... mich hören?«, fragte er zitternd.

»Selbstverständlich kann ich dich hören«, antwortete der Großvater.

»Wie denn?«, fragte William.

»Durch das Mikrofon an deinem Rechner natürlich.«

»Das ist schon klar«, sagte William. »Aber ... wieso kann ich mit dir reden? Du bist doch verschwunden ... du bist doch ... tot.«

»Irgendwie auch nicht ... Ich habe das letzte Jahr damit verbracht, alles Wissen aus meinem Gehirn herunterzuladen und digital zu speichern ... als eine Art Sicherheitskopie meiner selbst«, sagte der Großvater. »Ich hatte schon lange daran gedacht. Wir verfügen im Institut seit einer Weile über diese Technologie.«

Jetzt war William wirklich zutiefst verwirrt.

»Das bist du also wirklich ... nur eben als Computerprogramm?«, fragte er.

»Ja, ich bins«, sagte der Großvater. »Oder genauer gesagt, ich bin das bis zu dem Zeitpunkt, als ich die Sicherheitskopie von meinem Gehirn gemacht habe. Aber ich bin es.«

William starrte das Gesicht des Großvaters an, das ihn vom Bildschirm her anlächelte. Es war fast so, als wäre der Großvater plötzlich zurückgekehrt.

»Also … na ja …«, stammelte William unsicher. »Irgendwie bist du also doch nicht tot?«

»Korrekt«, sagte der Großvater und lächelte. »Ich gehe davon aus, dass das Institut mich noch eine Weile brauchen wird. Und du auch.«

William lachte.

Der Großvater hatte ja so recht.

William brauchte ihn jetzt mehr denn je.